GW01045172

LA PETITE CLOCHE AU SON GRÊLE

Paul Vacca est romancier, scénariste et essayiste. *La Petite Cloche au son grêle* est son premier roman. Il est aussi l'auteur de *Nueva Königsberg* (Philippe Rey, 2009), roman pour lequel il a été lauréat du Fonds d'aide à l'innovation audiovisuelle du CNC, ainsi que d'un essai intitulé *La Société du hold-up* (Mille et une nuits 2012). Il travaille actuellement à l'écriture d'un long métrage.

PAUL VACCA

La Petite Cloche
au son grêle

ROMAN

PHILIPPE REY

© Éditions Philippe Rey, 2008.
ISBN : 978-2-253-17551-3 – 1re publication LGF

À Michel Pierre

I

Le retour du collège relève pour moi d'un ordre aussi immuable que le lever du jour, la chute des corps ou la ronde des saisons. Sitôt poussée la porte du bar, la clochette tinte et, au bout du comptoir, tu lèves le regard de ton livre. Ton visage s'éclaire.

— Comment s'est passée ta journée ? me demandes-tu d'une voix chantante.

Quoi qu'il me soit arrivé, je te murmure :

— Très bien.

Je jette mon cartable à terre et contourne le comptoir pour t'embrasser ; tu glisses ta main dans mes cheveux en les recoiffant. Je prends place à la table entre la fenêtre et le flipper où tu m'apportes mon goûter. À ce moment-là, papa apparaît traversant le bar, les bras chargés de casiers de bouteilles et, arrivé à ma hauteur, il passe sa main gantée dans mes cheveux et y rétablit le désordre.

— Ça va, fiston ?

À cette heure, il n'y a pas grand monde dans le café, juste quelques habitués, irréductibles piliers qui s'adressent en continu au patron, prêchant dans le désert. Affairé derrière le comptoir, papa hoche mollement la tête en signe d'approbation, sans même savoir de quoi on l'entretient.

C'est l'heure de mes devoirs. Tu as imposé au bar une règle de silence presque aussi stricte que dans un monastère. Que quelqu'un se laisse aller à hausser le ton, à rire ou à s'approcher du flipper, instantanément ton regard le foudroie.

Bercé par les chuchotements et le froissement des pages de ton livre, j'attaque sans grande conviction mes devoirs, restant à la surface des lettres ou des chiffres qui défilent sous mes yeux.

Puis vient l'heure où la clochette s'affole à nouveau, où le bar reprend vie. Mon horizon devient bleu, de la couleur des tenues de travail des clients qui se massent en une bourdonnante mêlée autour du comptoir. Les verres s'entrechoquent, l'air se charge d'anisette, de fumée de tabac brun, d'invectives amicales et de rodomontades.

Alors, un simple échange de regards nous suffit.

Tu ranges ton tablier, quittes l'arrière du comptoir sur la pointe des pieds ; moi, j'enfourne à la diable mes livres et cahiers dans mon cartable et, tous les deux, sous le regard réprobateur de papa, on s'enfuit.

Comme deux évadés, on court en se tenant par la main, heureux de laisser derrière nous l'agitation enfumée du bar. Une fois traversé la nationale, on s'enfonce dans la pénombre des sous-bois, louvoyant entre les arbres sur un chemin qu'on croit être les seuls à connaître. Puis la forêt s'éclaircit et notre chemin rejoint le sentier herbeux le long de la Solène, la tendre Solène qui coule entre les villas fleuries de la bourgeoisie de Montigny.

Là, nous sommes arrivés. Nous réduisons alors le rythme pour flâner à notre aise dans l'air tiède de la fin d'après-midi, à l'abri des grands peupliers qu'allument les rayons dorés du soleil de printemps.

Nos regards ignorent les clôtures, les portails ou les talus pour percer le mystère de chaque villa. Tu aimes découvrir leur personnalité. La plupart sont inoccupées en cette saison. Par nos rêves, nous nous installons dans ces villas inhabitées.

Que de réceptions parfaitement réussies nous organisons ensemble ! Nous y dressons des tablées magnifiques, nous y recevons de brillants – mais si simples ! – amis pour des cocktails dans la fraîcheur du patio. Nos fêtes se terminent tard sous les rayons bleutés de la lune, entre rires et champagne, au son d'un piano légèrement désaccordé, dans ta serre aux mille fleurs…

Sur les bords de la Solène, il y a aussi les fleurs, tes chères fleurs qui attendent ton arrivée. Je les vois revivre sous l'effet de ta voix. Papillonnant de l'une à l'autre, tu leur parles, toute à ton bonheur de les avoir retrouvées, saluant l'arrivée des nouvelles, les complimentant pour l'éclat de leur teint ou t'inquiétant pour leur santé. Lorsque tu te penches pour respirer leur parfum, j'ai l'impression que tu leur fais la bise comme à tes amies.

Tout en douceur, tu leur prélèves parfois un pétale que tu froisses dans tes paumes et portes à ton nez. Je peux voir ton regard se concentrer : en alchimiste, tu pars à la découverte d'associations et de mélanges inédits.

— Hum ! De la digitale avec une pointe de lilas… ou tiens, peut-être avec un peu d'aubépine… ou plutôt non, avec de la clématite… Oui, c'est ça…

Parfois, il arrive que tu me demandes mon avis, tu tends ta paume vers mes narines. J'inhale très fort, prenant un air inspiré. Mais quel piètre assistant je fais ! Juste apte à proférer des « hum ! » et des « ah ! » béats en hochant la tête et en plissant les yeux.

Comprends-moi, je suis sous le charme de *toutes* ces senteurs, incapable de les distinguer entre elles et surtout d'exprimer la moindre opinion.

Mais déjà d'autres fleurs accaparent ton attention.

— Oh, des narcisses… Et si je… avec de la pivoine ? Ou un peu de glycine… C'est intéressant ça…

Ainsi, nos fins d'après-midi s'écoulent-elles avec la même indolence que la Solène à nos côtés.

L'après-midi touche à sa fin et nous venons de passer la grande demeure à colombages, celle qui possède ce petit balcon en bois blanc que tu disais tout droit sorti d'un conte médiéval.

Soudain tu t'arrêtes net, en alerte. Ton nez se dresse vers le ciel.

— Tiens, tiens, c'est de l'iris, ça !

Intriguée, tu la cherches.

— Mon chéri, tu ne sens pas cette odeur d'iris ?

Une pointe d'agacement se devine dans ta voix.

Je n'ai qu'un haussement d'épaules impuissant à t'offrir. À quoi ressemble la senteur de l'iris ? Je n'en ai aucune idée ! Pourtant, je veux t'aider à trouver l'espiègle végétal qui te joue un tour, et nous partons en exploration chacun de notre côté.

C'est alors que, derrière une haie de buis, je l'aperçois.

Elle est là, allongée dans l'herbe, offrant son dos nu au dernier soleil de la journée. Elle tient dans ses mains un livre couleur chair. Abandonnée à sa lecture, elle ne devine pas ma présence. Je n'en reviens pas, elle est là, si proche, rien que pour moi. En embuscade derrière mon buisson protecteur, je pourrais rester des heures…

Mais, au loin, tu m'appelles.

— Mon chéri, où es-tu ?

Absorbée par sa lecture, heureusement, elle ne t'entend pas. Je dois quitter mon poste d'observation si je ne veux pas qu'elle me surprenne et je te rejoins le plus discrètement possible.

Ton nez pointe toujours vers le ciel. Tu t'énerves un peu.

— Je ne rêve pas, pourtant !

Finalement, tu hausses les épaules et nous continuons notre promenade à la rencontre d'autres fleurs moins cachottières.

Plus loin, quelques gouttes de pluie nous surprennent et très vite le ciel se charge de nuages.

— Rentrons, mon chéri !

Sur le chemin du retour, la pluie redouble et l'orage gronde. Nous courons affolés. Malgré tout, j'ai la présence d'esprit de faire un détour près du buisson.

Elle n'est plus là. Seul signe de son passage : le livre est resté dans l'herbe. Dans un réflexe, je cours le ramasser et le glisse aussitôt sous mon polo.

Un peu plus loin, je te rattrape. Malgré la pluie battante, tu ne veux toujours pas admettre ta défaite.

— Je ne suis pas folle, ça sent l'iris !

Non, maman, tu n'es pas folle. Cette odeur d'iris, c'est son parfum ; celui de Sandra Maréchal, la chanteuse lyrique, l'« enchanteuse » de mes rêves les plus intimes.

Nous accélérons notre cadence sous l'averse. Je tiens fermement le livre contre mon ventre et nous faisons irruption dans le bar, trempés de la tête aux pieds. Dans notre élan, nous emboutissons papa qui passe la serpillière. Il nous lance un regard sévère.

16

— Vous étiez où, tous les deux ? Encore partis traînasser et rêvasser !

Nous montons à la maison sans commentaire. En nous séchant dans la salle de bains, nous entendons papa qui continue de bougonner en bas, contraint de passer une nouvelle fois la serpillière sur nos traces.

— C'est pas vrai ! Deux gamins !

Tu ris de l'entendre. Mais remarque, il n'a pas tout à fait tort : on ressemble vraiment à deux enfants quand on s'échappe tous les deux.

Ce soir-là, au dîner, malgré tous les efforts que tu déploies pour le cacher, je te sens contrariée.

C'est que je sais déjà détecter ces détails, invisibles aux yeux des autres, qui te trahissent : ce grain dans ta voix d'habitude si claire, tes éclats de rire un peu plus mats, une légère raideur dans tes gestes moins fluides qu'à l'accoutumée, une ombre imperceptible dans ton regard…

Lorsque je quitte la table, tu refermes soigneusement la porte de la cuisine derrière moi et, soucieuse, tu abordes avec papa la « discussion-feuilleton » du moment dont le sujet revient tous les jours avec une régularité de métronome.

— J'ai pris rendez-vous avec sa prof de français.

Papa ne réagit pas.

— Je t'assure, Aldo, ce n'est pas normal, les notes qu'il a.

Là, il fronce les sourcils.

— Comment ça, *pas normal* ?

— Eh bien oui ! Je ne comprends pas, lorsqu'on lit ensemble, je sens bien que ça l'intéresse…

— Quand *tu* lis pour lui, rectifie aussitôt papa en haussant les épaules. Nuance ! Tu ne crois pas que ce serait quand même mieux qu'il lise tout seul à son âge ? Il a presque treize ans, je te signale !

— Mais ce n'est pas le problème !

— Alors c'est quoi le problème, on peut savoir ?

— À mon avis, c'est la prof de français, je suis persuadée qu'il y a quelque chose…

— *Quelque chose ?* Je ne te suis pas…

— Oui, pour tout te dire, je me demande si elle ne fait pas un peu de… ségrégation…

Papa fait des efforts visibles pour conserver son calme.

— De ségrégation ?

— Oui, de racisme, quoi !

— Je te remercie, j'avais compris ! Mais qu'est-ce que tu vas chercher ? Et pourquoi ça ?

— Je le sens bien, elle l'a pris en grippe. Fils de cafetier sur la nationale, ça ne doit pas être assez bien pour elle !

Papa implore le ciel.

— Mais qu'est-ce que tu vas chercher ? Fils de *gérant de débit de boissons* – arrête de dire « cafetier », c'est énervant ! Et puis ce n'est pas une honte quand même ! Tu ne crois pas que tu te fais des idées ?

— Absolument pas. Je sais ce que je dis : ce n'est pas normal, les notes qu'il a !

— Normal ! répète papa. D'ailleurs… pourquoi tu veux à tout prix en faire un écrivain ?

— Mais je ne veux pas *à tout prix* en faire un écrivain ! Il est doué, c'est tout ! Je le sais, je le sens… Et cette prof, elle, je ne la sens pas !

— Et si, tout simplement, le français ne l'intéressait pas ? Ce n'est peut-être pas son truc, après tout. Il y a d'autres métiers, tu sais ?

Tu te lèves, le visage rouge.

— Voilà ! Voilà comment tu es ! Tu ne crois même pas en ton fils ! Comment veux-tu qu'après ça il ait confiance en lui ?

Papa hoche la tête en signe d'impuissance.

— Mais tu sais bien que ce n'est pas ça, Paola ! Ce n'est pas ce que j'ai voulu dire. S'il n'aime pas lire, c'est peut-être que…

Fermement décidée à ne pas céder un pouce sur ce sujet, tu lui lances une ultime flèche.

— En tout cas, moi, j'y crois à mon fils ! Et je le défendrai !

— Mais, Paola…, proteste papa qui cherche à s'excuser.

C'est sans appel. Tu as déjà tourné les talons et quitté la cuisine, dans ta dignité blessée.

Ce soir-là, contrairement à mes habitudes, je file dans ma chambre sans tarder. Je ferme les volets, allume ma lampe magique, plongeant la pièce dans une ambiance bleutée et irréelle, presque aquatique. Confortablement installé dans mon lit, calé contre mes oreillers, j'ouvre le tiroir de ma table de chevet et saisis le livre.

Je le contemple, fasciné, en caresse la couverture pâle, douce comme la peau. Je l'ouvre et plonge mon nez au cœur des pages qui enferment encore son parfum. Maintenant, oui, je sais à quoi ressemble l'odeur de l'iris.

Puis je le feuillette au hasard, intrigué par la typographie dense. Un frisson me parcourt. Ce n'est pas un livre, c'est *son* livre. Ce ne sont pas que des phrases, ce sont les phrases qu'*elle* a lues, *son* regard les a parcourues, *sa* bouche les a prononcées. Ces lignes pleines et serrées, je ne cherche même pas à en percer le sens. Je sais avec certitude qu'elles renferment ce qui lui plaît. Je sens que j'ai sous les yeux la clef qui me permettra, enfin, de pénétrer dans le monde mystérieux des femmes.

C'est vertigineux. Mon regard se trouve absorbé par ces longues phrases et je me laisse emporter par leur courant sinueux, grisé par tous ces mots inconnus qu'elles charrient.

Au milieu de ma rêverie, je t'entends arriver et, par réflexe, je glisse le livre sous mes draps.

Tu viens me souhaiter bonne nuit. Dès que tu es repartie, je replonge dans ma lecture jusqu'à ce que le sommeil m'emporte.

Je ne sais pas encore à quel point ce livre va changer notre vie. Son auteur, Marcel Proust, est un parfait inconnu pour moi. Quant à son titre, *Du côté de chez Swann,* je trouve qu'il sonne plutôt pas mal...

Les journées de papa se terminent tard, bien après que le dernier client a quitté le comptoir. Sitôt le dîner fini, il retourne à la cave pour y chercher des bouteilles. Puis, il astique le comptoir, fait sa caisse, remet les chaises en place. Alors, seulement, il glisse les barres de fer derrière la porte, éteint les lumières et va rejoindre la maison endormie.

Lorsqu'il arrive à l'étage, par la porte entrouverte du salon, il t'aperçoit. Il a un sourire attendri : encore une fois, tu t'es assoupie dans le canapé, le bras tendu vers un livre qui s'est échappé de tes mains.

Il s'approche sans bruit et ramasse le livre qu'il pose délicatement sur la table basse. Il te prend dans ses bras, tout en douceur, pour te porter à la chambre, attentif à ne pas te réveiller ; et, toi, ensommeillée, tu passes tes bras autour de son cou.

— Aldo, qu'est-ce que je deviendrais sans toi ? dis-tu dans un souffle.

— Chut ! Ne dis pas de bêtises. Dors, ma chérie...

— Mais comment fais-tu pour me supporter ?

Papa dépose un baiser sur ton front.

— Je sais, je sais, je mérite une médaille.

Un sourire se dessine sur tes lèvres et tu replonges apaisée dans le sommeil.

Ton entrée dans le bar n'est franchement pas passée inaperçue. Même si le public a acquis une certaine habitude de tes coups d'éclat, ce jour-là tu te surpasses.

En poussant la porte, tu n'es que colère, les poings serrés et le regard d'ébène. Sans ménagement, tu fends l'assemblée et fonds sur papa, occupé à servir des pressions derrière le comptoir.

Tu te postes face à lui et tu exploses :

— Elle est d'un pète-sec, celle-là ! C'est pas vrai ! Si c'est comme ça qu'on enseigne le français, alors merci ! Comment veux-tu, après, que les enfants aient le goût de lire ?

Papa ne prête pas suffisamment attention à ton courroux. Alors, bonne *tragediante*, tu te lâches.

— Tu aurais vu comment elle m'a parlé ! Elle me dévisageait comme si j'étais une moins que rien ! Je t'assure, comme si j'étais une pestiférée, une traînée. Comme si je la dégoûtais, tiens... Et ne va pas me répéter qu'elle n'a rien contre nous ! Qu'elle ne fait pas de ségrégation...

Papa se contente de hocher la tête. Alors, de plus en plus indignée, tu en rajoutes, théâtrale, noircissant le tableau.

Papa, enfin, s'approche de toi. Tu as réussi à l'intriguer.

— Et pour notre fils, qu'est-ce qu'elle a dit ? demande-t-il, allant au fait.

— Oh ! les bêtises habituelles ! Qu'il n'était *vraiment pas* doué, tout juste bon pour un métier manuel. Et encore ! Que, de toute façon, vu ce qu'il fera plus tard, il n'aura pas grand besoin du français… Sous-entendu : avec ce que font les parents…

Enfin, papa réagit comme tu l'attendais.

— Quoi ? Elle a dit ça ?

— Parfaitement. Je t'assure, elle nous prend pour des va-nu-pieds.

Avec ta colère hyperbolique, tu as parfaitement réussi ton coup : papa se cramponne au comptoir, le regard fixe. On sent la colère qui bouillonne et monte en lui. Soudain, dans un geste survolté, il arrache son tablier et, comme un taureau lâché dans l'arène, il fonce tête baissée en direction de la porte.

— Je vais aller lui dire ce que je pense, à celle-là !

Soudain tu pâlis. N'en as-tu pas trop fait ? N'as-tu pas légèrement surjoué ?

Tu cours rejoindre papa, le rattrapant juste à temps par le bras alors qu'il s'apprête à entrer dans la voiture.

— Mais où vas-tu ?

— On ne va pas se laisser faire, non ? Tout ça parce qu'elle a un diplôme ? Elle nous prend pour qui, celle-là ? Tu as raison : trop, c'est trop !

Blême, tu t'agrippes à son bras.

— Non, Aldo, non ! Écoute, écoute-moi. D'accord, c'est une harpie, elle n'a aucun respect pour nous. Mais… ce n'est peut-être pas la solution. Pense à notre fils. Elle risque de s'en prendre encore davantage à lui. Et qu'est-ce qu'on aura gagné ? Hein ?

Maintenant, il te faut déployer autant d'ingéniosité pour éteindre l'incendie qu'il t'en a fallu pour le provoquer.

— Allez, viens.

Tu prends papa par le bras et tu le ramènes vers le bar.

— C'est à nous de le soutenir. Il est si sensible, tu sais…

En attendant, le *garçon si sensible* est perché sur un arbre en compagnie de son ami Mouche.

Pourquoi l'appelle-t-on Mouche alors qu'il se prénomme Stéphane ? Je n'ai jamais vraiment su. Est-ce que tu sais qu'il est secrètement amoureux de toi ? D'un amour incompris. Car toi, sa chevelure incendiaire, rétive au peigne, véritable champ de blé après la grêle, ses taches de rousseur, son nez en trompette, son regard halluciné de myope, ses petites dents espacées te font rire. Quand tu le croises, tu pinces affectueusement ses pommettes rebondies.

— Hum, on en mangerait ! dis-tu en riant.

Instantanément, ses joues rougeoient, incandescentes, faisant disparaître du même coup toutes ses taches de rousseur.

Mouche et moi sommes donc perchés dans un arbre, armés d'une paire de jumelles, deux braconniers à l'affût d'un gibier un peu spécial. On guette une camionnette garée le long de la nationale, avec des petits rideaux festonnés aux fenêtres. Mais je commence à trouver le temps long dans cette position inconfortable. Les fourmis m'engourdissent progressivement les jambes. À l'horizon rien ne s'anime, hormis la bougie qui se consume à la fenêtre.

— Attends, elle va ouvrir, m'explique Mouche qui ne perd jamais courage. L'autre jour, j'ai tout saisi. Tu verrais les seins qu'elle a !

— Tu es sûr qu'elle est là ?

— Oui, la bougie est allumée. Ça veut dire qu'il y a quelqu'un avec elle.

Inlassablement, il cherche à m'émoustiller pour que je reste.

— Elle est super bien roulée, tu verrais…

Et il part dans une description un rien cubiste.

Oui, tu as compris, c'est Marianne. Je l'ai déjà aperçue au bar, échangeant quelques mots avec toi pour un café ou pour se ravitailler en cigarettes.

Toujours dans le but de me faire patienter, Mouche entreprend de m'expliquer pourquoi on l'appelle Marianne.

— Ce n'est pas son prénom ?

— Non.

— Alors pourquoi « Marianne » ?

— Ben, parce qu'elle est sur la nationale…

Une voiture se présente au loin. Arrivée au niveau de la camionnette, elle ralentit son allure.

— Ça y est ! La relève arrive ! exulte Mouche.

Fausse alerte. Le véhicule redémarre et s'éloigne. Ne tenant plus, je descends de l'arbre sous les jappements de Mouche.

— Oh, qu'est-ce que tu fous ! Attends encore un peu ! Juste un peu. Ça va venir, j'te dis ! Tu sais pas ce que tu loupes…

— Non, je vais me faire tuer par mes parents !

J'arrive essoufflé au bar, persuadé que vous allez « me tuer », en effet. Mauvais signe : papa est déjà en train d'empiler les chaises. Il me jette un regard noir, frappant sa montre de son index, prêt à exploser.

— Tu as vu l'heure ? Tu étais où ?

Récupérant difficilement mon souffle, je cherche désespérément une excuse plausible à vous servir, mais rien ne vient.

C'est toi qui ce soir-là me sauves de ce mauvais pas.

— Eh bien, il est 8 heures et demie, la belle affaire ! lances-tu, impériale, en descendant l'escalier. Tu commences bien à 10 heures demain matin, mon chéri, non ?

Papa se tait, impuissant. Dans son dos, tu me décoches un magnifique clin d'œil.

— Allez, à table, les ogres ! C'est prêt !

Tous les soirs désormais, sitôt le dîner terminé, je n'ai qu'une idée en tête : me retrouver seul pour un face à face avec *son* livre.

Cela devient un rituel : je me glisse sous les draps, la lampe magique répand dans ma chambre ses vagues bleutées et je saisis le livre. Je l'entrouvre à peine, craignant par-dessus tout que son odeur se volatilise à jamais. J'y enfouis mon visage pour y respirer sa présence. Hélas, celle-ci devient au fil des jours plus ténue, fugace, s'évaporant de page en page. Bientôt il ne restera plus, entre les feuilles, que son fantôme.

Alors je me raccroche aux mots qui dansent sous mes yeux en volutes capricieuses. Même si je me perds dans ces phrases dont le sens m'échappe, il me semble que je l'aperçois, elle, comme si nous étions dans un labyrinthe…

Un soir, tu entres dans ma chambre alors que je me suis endormi. Le livre m'a échappé des mains et gît sur ma descente de lit.

Tu t'en saisis, comme s'il s'agissait d'un miracle.

— Mais tu lis, mon chéri ! souffles-tu en remerciement au ciel.

Incrédule face à ce prodige, craignant quelque mirage, tu palpes l'objet. Non, tu ne rêves pas : ton fils *lit*.

Intimidée, tu ouvres le livre, fascinée à ton tour...

Mme Thibault te tend un sac.

— Voilà, vous avez tout. Les neuf volumes. Il ne me reste plus qu'à vous souhaiter une bonne lecture.

Au moment de quitter la librairie, hésitante, tu reviens sur tes pas.

— Sandrine, excusez-moi...

Mme Thibault lève ses yeux clairs vers toi.

— Oui, Paola ?

L'embarras rosit tes joues, tu hésites encore, puis tu te lances, incertaine.

— Eh bien, voilà, je voulais vous poser une question... Est-ce que c'est une lecture que... que vous conseilleriez... à un enfant de douze ans ? Enfin, presque treize...

La libraire marque un mouvement de recul. Un éclat de rire lui échappe.

— La *Recherche du temps perdu* à douze ans ?
Quelle drôle d'idée ! C'est un peu dense, tout de
même, un peu compliqué, il me semble. En tout
cas, c'est bien la première fois que l'on me pose
une question pareille ! Je connais tellement
d'adultes qui y sont réfractaires…

Tes épaules s'affaissent. Quelle déception !

— Vous le déconseillez alors ? dis-tu d'une
voix blanche.

Mme Thibault, sentant ton trouble, se ressaisit
aussitôt.

— Déconseiller ? Pourquoi déconseiller ? Au
contraire. Qu'est-ce qui interdirait de lire Proust
à treize, douze ou même sept ans ? Si votre fils ne
comprend pas tout, quelle importance ? Est-ce
que nous-mêmes, nous comprenons tout ce que
nous lisons ? Je n'en suis pas persuadée. Au fond,
n'est-ce pas mieux comme cela ? Lire, c'est aller
vers l'inconnu, c'est chercher à découvrir de nouveaux mondes, à percer de nouvelles énigmes…
Sans garantie de succès. D'ailleurs, on ne fait
jamais le tour d'un livre, on n'épuise jamais la
totalité de son mystère. C'est même peut-être ce
qui nous échappe qui est le plus important…

Peu à peu tu souris de nouveau.

— Avec Proust, votre enfant va partir à l'abor-
dage de l'un des plus magnifiques nouveaux
mondes qui soient. Un monde aux ressources iné-
puisables qu'il aura l'occasion de redécouvrir
encore et encore, avec d'autres yeux, plus tard.

Quelle chance il a, et vous aussi ! Bonne lecture alors !

Tu es soulagée. Tu lances à ta libraire un regard plein de reconnaissance et lui souffles :

— Merci, Sandrine.

Elle te sourit.

— Mais de quoi ? C'est votre fils qu'il faut féliciter. C'est encourageant. Qui sait, peut-être est-ce le signe d'une vocation ?

En sortant de la librairie, tu chancelles de bonheur, tu t'appuies contre le mur, levant les yeux au ciel, toute à ta reconnaissance qu'il t'ait – enfin ! – envoyé la confirmation que tu n'oses même plus espérer : celle que ton fils deviendra écrivain.

Une fois encore, Mlle Jeannin érige ma rédaction en exemple devant la classe. Exemple à ne pas suivre, évidemment.

Chaque fois, avec la même jouissance, elle se plaît à exhiber à l'ensemble de la classe les barbarismes et autres solécismes dont mes copies regorgent, pointant son doigt accusateur sur eux, comme on épingle des papillons.

D'habitude, ses remarques acides et les rires moqueurs qu'elles déclenchent dans la salle me laissent parfaitement de marbre. À peine la sonnerie retentit-elle que je les ai oubliés.

Mais, ce jour-là, c'est différent. Pour cause d'absence d'un des confrères de Mlle Jeannin, on a accueilli d'autres élèves dans notre classe. Parmi eux, il y a Églantine Maréchal, la fille de Sandra. Et, alors que Mlle Jeannin me met au supplice, je vois un sourire narquois s'épanouir sur ses jolies lèvres. Là, pour la première fois, je me sens blessé. Je m'en veux d'être aussi irrémédiablement nul en français.

La situation est grave, en effet. Si je suis la risée de la fille, comment puis-je espérer, un jour, séduire la mère ?

Parfois, à mon coucher, tu me lis des passages de son livre. Un soir, il est question d'une madeleine. Comment son goût, sa texture ont replongé, comme par miracle, le narrateur dans le passé, chez sa tante Léonie.

Arrivée au terme du passage, tu refermes le livre, songeuse. L'émotion fait vaciller ta voix.

— Tu vois, il suffit d'un goût, d'un parfum, d'une sonorité, pour que le passé et les êtres que l'on a aimés se mettent comme par magie à revivre en nous. Mon chéri, les êtres que l'on aime ne meurent pas tant que leur souvenir reste vivant… Cette madeleine, c'est justement ça. Une sensation quasi impalpable, inattendue et fugace, mais porteuse d'éternité. C'est drôle, jusqu'à présent, je croyais être la seule à avoir ressenti cela… Quel plaisir de retrouver ce que l'on a vécu dans une si belle description, si profonde, si vraie ! Tu es encore petit, mais plus tard tu verras, tu vivras cela toi aussi, j'en suis sûre...

Lorsque tu tournes vers moi ton regard voilé par l'émotion, le sommeil m'emporte. Tu poses tes lèvres sur mon front.

— Merci, mon chéri, c'est grâce à toi, chuchotes-tu au creux de mon oreille.

II

Nous t'accompagnons au train. Tu dois te rendre à Paris pour visiter ta tante Blanche, une vieille tante que je connais uniquement *via* des albums photo.

Sur le quai de la gare tu me prends dans tes bras et tu me serres très fort.

— Ce ne sera pas long, mon chéri.

Tu embrasses papa.

— Soyez sages tous les deux, promis ? dis-tu d'un ton enjoué qui a quelque chose de forcé.

Papa te chuchote quelques mots à l'oreille. Tu souris, mais d'un sourire indécis, vacillant. Au moment de monter dans le train, tu te retournes brusquement et sautes dans ses bras.

— Ne t'inquiète pas, te dit-il d'un ton rassurant. Tu vas voir, ce n'est rien, j'en suis sûr...

On siffle le départ. Tu montes dans le wagon. Alors que le train démarre, tu passes ta tête par la fenêtre. Tu nous fais signe, t'efforçant de rire. Mais à mesure que le train s'éloigne, ton rire s'évanouit et, dans le lointain, il me semble lire comme de la crainte sur ton visage. Nous continuons de te faire des signes alors que tu n'es plus qu'un point à l'horizon.

Sans un mot, papa et moi remontons le quai, soudain déboussolés, livrés à nous-mêmes.

Les jours sans toi sont longs. Après les cours de Mlle Jeannin, plus interminables que jamais, je reviens du collège et, lorsque je pousse la porte du bar, hélas, la petite cloche ne m'annonce plus ton sourire.

Je tente une escapade dans notre coin au bord de l'eau. Mais les fleurs s'ennuient et les villas demeurent tristement inhabitées sans toi. Même la Solène semble se morfondre en ton absence.

Le livre aussi reste enfermé dans son tiroir, attendant ton retour.

Les jours passent lentement et les clients accoudés au comptoir soupirent.

— Y a pas, sans elle, le bar, c'est pas vraiment ça.

— T'as raison, c'est comme une journée sans soleil…

— Ou la Joconde sans son sourire…

Et ainsi de suite.

— C'est sûr, lâche Lulu, sans elle, on ne viendrait même pas. Un patron aimable comme une porte de prison, qui ne boit que de l'eau et qui n'offre jamais la tournée…

Papa, silencieux, supporte avec beaucoup de stoïcisme ces sarcasmes. Il en a l'habitude ! Mais cette fois, tout en restant parfaitement muet, il leur sert à boire.

— C'est quoi, ça ? s'extasie Bastien.

— Ben, une tournée, rigolo !

Les clients se regardent, leurs yeux exorbités comme des boules de pétanque.

— Tu es malade, Aldo ? On peut appeler les urgences, si tu veux…

— Non, rétorque Lulu, moi je sais ce qu'il a : elle arrive aujourd'hui, il va la chercher à la gare tout à l'heure…

— Oh, ben alors, elle devrait partir plus souvent !

La confrérie du comptoir trinque en riant. Pour une fois, papa se joint à eux.

Et c'est alors que la cloche émet son petit son haut perché, et tu apparais sur le seuil. Lâchant aussitôt tes bagages, les poings sur les hanches, tu dardes sur l'assemblée ton fameux regard noir.

— Je vois qu'on ne s'en fait pas ! Heureusement que M. Bayard m'a ramenée de la gare.

Papa ressemble soudain à un gamin qui vient de se faire prendre la main dans le sac en train de chaparder.

— Tu ne devais pas arriver par le train de 7 heures ?

— Si, si, mais j'ai réussi à prendre celui d'avant.

Alors tu me vois à ma table, entre la fenêtre et le flipper, somnolant sur mes devoirs. Tu m'appelles, ouvres grand les bras et je m'élance.

— Comment ça s'est passé, mon amour ?

Tu m'assailles de questions. C'est la première fois que tu m'as laissé si longtemps.

Puis tu jettes un regard circulaire sur le bar.

— Il est vraiment temps de transformer ce lieu, c'est d'un sinistre.

Un client est entré, poussant la porte.

— Oh ! Et cette cloche ! Je ne la supporte plus !

On fête dignement ton retour. Sur la table reposent les restes de la fête : champagne, gâteau, papier cadeau froissé…

Une fois que j'ai quitté la table, tu poses ta main sur celle de papa.

— Aldo, j'ai peur…

— Peur de quoi, ma chérie ? Tu vas voir, je suis sûr que tout est normal.

— Pourquoi ne me les ont-ils pas donnés tout de suite alors ? Comme c'était prévu ? C'est peut-être que les résultats ne sont pas bons, non ?

— Au contraire. C'est plutôt rassurant. Ça veut dire qu'ils n'ont rien trouvé.

— Tu crois ?

— Je ne crois pas. J'en suis sûr.

Devant la détermination de papa, une lueur d'espoir te ranime. Il te tend son verre ; tu lèves le tien.

— Ne t'inquiète pas, ma chérie. À nous trois !

— À nous trois !

Vous trinquez. Tu esquisses un timide sourire. Papa se penche sur la table. Il te caresse la joue du revers de la main et saisit tendrement ton menton.

— Allez ! Je veux ton plus beau sourire…

Un peu contrariée, tu essaies.

— Mieux que ça, mon amour ! Un vrai. Un vrai de vrai ! Voilà. C'est parfait ! Et maintenant, on ne bouge plus.

Peu à peu, au fil de nos lectures du soir, une sorte d'intimité s'installe entre nous et la *Recherche*. Assez rapidement, on devient des familiers du narrateur – que l'on surnomme entre nous « le petit Marcel » –, de Swann, d'Odette, de Charlus *alias* Palamède, de Françoise, de Bloch, de Bergotte, de Vinteuil, et on finit par se sentir comme chez nous dans le salon des Verdurin ou les soirées des Guermantes.

S'installant comme une évidence dans notre vie, un rituel prend forme : au détour d'une conversation, il nous arrive de plus en plus fréquemment de nous demander comment ces personnages réagiraient dans telle ou telle situation de notre vie quotidienne.

Avec quelle délectation on se met à imaginer Mlle Jeannin se faisant étriller chez les Verdurin, subissant les sarcasmes de toutes les langues de vipère du « petit noyau » !

Un dimanche midi, tu pousses même le jeu jusqu'à adapter une recette de Françoise. Au moment du dessert, tu arrives à table portant religieusement un plat que tu annonces d'un ton hautement solennel :

— Et pour terminer ce festin, gents damoiseaux, voici la « Crème renversée *façon* Françoise » !

Avec un air triomphant et un tour de main assuré, tu renverses le bol. Patatras ! Le fiasco ! Une vague émulsion se répand dans le plat à la surface de laquelle flottent quelques grumeaux. Cela nous fait beaucoup rire. Enfin, toi et moi uniquement, car papa prend aussitôt son air bougon, agacé par nos enfantillages.

— C'est quoi cette recette ? s'énerve-t-il.

Tu fronces les sourcils et lui reproches son manque de *fair play* :

— Mais, mon chéri, Swann à ta place aurait agi tout autrement. Lui aurait *malgré tout* félicité la maîtresse de maison. Voilà comment se comporte un véritable gentleman. Tiens, il aurait même baptisé d'un nom charmant cette prouesse culinaire – même si elle n'est pas totalement réussie –, je ne sais pas moi…

— Les îles enchantées, dis-je en fixant les grumeaux qui flottent dans le plat.

— Bravo, mon fils ! Parfaitement ! C'est très joli. Oui, ce sont des *îles enchantées*. Les sœurs Tatin ont bien eu leur heure de gloire grâce à un ratage devenu chef-d'œuvre. Alors pourquoi pas nous ?

Pour autant, papa ne daigne pas goûter tes *îles enchantées*. Il n'a aucunement l'intention d'être ce Swann qu'il ne connaît pas. Il quitte la table, agacé.

Quelques jours plus tard, au bar, nous évoquons tous les deux Mme Barbier, la fameuse commerçante experte ès commérages.

— Pas de doute, c'est la Verdurin tout craché, celle-là. D'une mauvaise foi crasse…

Ton imitation est hilarante. Je t'emboîte le pas, me lançant à mon tour dans une imitation croisée de la Verdurin et de la commerçante. On trouve même un passage dans le livre où il suffit de remplacer le nom de « Verdurin » par celui de « Barbier » pour obtenir une criante description de notre réalité quotidienne.

Tout à notre jeu, on éclate de rire. On sent pourtant que papa nous surveille du coin de l'œil derrière son comptoir. À l'évidence, son agacement va *crescendo* : il se crispe, trépigne, pousse des soupirs dans notre dos ; et les verres qu'il manie avec une certaine brutalité s'entrechoquent.

41

Finalement, advient l'explosion pressentie.

— Non, mais vous vous êtes vus tous les deux ?

Lentement, tu tournes vers lui un visage parfaitement innocent et vaguement surpris.

— Eh bien, quoi ? Qu'est-ce qu'on a, *tous les deux* ?

— Vous ne vous entendez pas ? On dirait deux gamins ! Vous parlez de cette Mme Machin-chose, comme si elle existait. Il faut vous soigner, hein ?

Tu me fixes, les yeux ronds. Puis tu lances à papa :

— Eh bien oui, elle existe !

Il émet un rire forcé.

— N'importe quoi !

— Parfaitement !

Papa hausse les épaules.

— Hein, mon chou ? N'est-ce pas qu'ils existent, *nos* personnages ? rétorques-tu en me prenant à partie.

Puis, te tournant vers papa :

— En tout cas, plus que beaucoup de *tes* clients.

— Ce qu'il faut pas entendre !

Mais tu n'es pas décidée à te laisser faire.

— Ah bon ? Tu ne me crois pas ? Tiens, qu'est-ce que tu peux me dire sur Lulu ? Sur Mme Pierret ? Sur Bastien ? Tu connais quoi d'eux ? De leurs pensées secrètes ? De leurs désirs profonds ? De leurs rêves intimes ? Dis-moi ?

Papa en reste bouche bée, balbutiant quelques paroles incompréhensibles.

— Tu vois bien ! Rien ! Tu ne sais *rien* d'eux, finalement. Alors que nous, on peut dire que l'on connaît vraiment Françoise, Swann, Odette, et même Mme Verdurin, parfaitement, on les connaît *intimement*.

Impuissant, papa lève les yeux au ciel et hoche la tête de dépit. Lâchant la partie, il est prêt à battre en retraite en se réfugiant vers la cave, prétextant quelques bouteilles à remonter.

Mais, soucieuse d'arracher une victoire sans partage, tu le relances.

— Et puis, tiens… tes joueurs de foot là, dont tu parles toute la journée avec Lulu ou Gérard, es-tu sûr qu'ils existent, au moins ?

Tu exploses d'un rire qui cloue définitivement papa. Terrassé par tant de mauvaise foi, il garde le silence. Mais alors que nous reprenons notre conversation là où nous l'avions laissée, on l'entend maugréer derrière son comptoir. Un verre se brise dans l'évier et, soudain, papa explose d'un tonitruant :

— Ce Proust, il commence à me les briser franchement !

Notre intimité avec Proust et nos *private jokes* récurrents finissent par rendre papa fou de jalousie.

À l'heure creuse, il se trouve seul au bar avec Lulu. Ce dernier cherche à lancer un sujet de discussion, se heurtant au mutisme bougon du patron.

Il finit par rendre les armes, son regard s'abîme dans un verre de bière.

Un long silence s'étire dans la salle. Papa observe Lulu, l'œil vide, la lèvre boudeuse et ce dernier, gagné par la somnolence, lui renvoie un sourire béat. Un bien beau spectacle.

Finalement, papa lui demande à voix basse sur le ton de la confidence :

— Dis-moi, mon Lucien, je voudrais te demander un truc...

Lulu se réveille en clignant les yeux.

— Tout ce que tu veux, Aldo.

— « Proust », ça te dit quelque chose ? Marcel Proust.

Lulu fronce ostensiblement les sourcils, il imprime des plis à son front pour bien signaler qu'il convoque – événement exceptionnel ! – l'ensemble de ses méninges dans un effort intense.

— Proust, tu dis ? répète-t-il en boucle tout en opinant mécaniquement du chef.

— Oui. Marcel Proust, s'impatiente papa.

Son corps entier est tendu comme celui d'un sportif sur les *starting blocks*. Et soudain, les traits de son visage se relâchent. Lulu dodeline de la tête et livre son verdict :

— Désolé. Ça ne me dit rien. Je ne vois pas.

— Tant pis.

— C'est qui alors ?

Papa pose sa main sur l'épaule de Lulu.

— C'est rien, c'est rien...

Lulu insiste.

— Mais si, dis-moi ! Il joue dans quel club, ton mec ?

Papa tourne en rond sur le trottoir devant la vitrine, torturé : « J'entre ou pas ? »

Finalement, la tête dans les épaules, il pousse la porte de la boutique d'un mouvement mal maîtrisé et s'engage, le regard rivé au sol. À voir son embarras, on aurait pu croire qu'il s'était introduit dans une boutique de lingerie ou un *sex shop*. Son regard court nerveusement d'un rayonnage à l'autre. Tout rougissant, il évite surtout de croiser celui de Mme Thibault.

Sentant l'embarras de papa, la libraire s'approche.

— Bonjour, Aldo. Ça fait plaisir de vous voir. En quoi puis-je vous être utile ? Vous cherchez quelque chose en particulier peut-être ?

— Euh, non… enfin, oui, bafouille papa.

Puis il lâche, comme s'il s'agissait d'un code secret ou du mot de passe d'une confrérie :

— Proust.

— Proust ? Très bien. Décidément… Vous voulez la *Recherche*, comme Paola ?

Papa grimace.

— Non. En fait… j'aurais préféré quelque chose qui parle de lui, plutôt…

— Ah, une biographie ? Attendez, il me semble que j'en ai une.

Mme Thibault part vérifier. Papa furète dans la librairie, mal à l'aise, évitant le regard des clients. La libraire revient.

— Voilà.

Elle tend l'ouvrage à papa. C'est un pavé. Papa plutôt empêtré, le feuillette.

— Pour moi, c'est la meilleure, souligne Mme Thibault. Elle fait autorité. Très sérieuse, documentée et merveilleusement écrite, ce qui ne gâche rien...

Papa referme l'ouvrage, découragé. Il le rend à la libraire en toussotant.

— Excusez-moi... mais vous n'auriez pas... quelque chose de plus court ? D'un peu moins long, quoi ?

La libraire réfléchit.

— Je vais voir.

Elle revient.

— Il m'en restait un en réserve. C'est *L'Abécédaire de Proust.* Ça devrait vous convenir, non ?

Papa manifeste son soulagement. C'est exactement ce qu'il cherchait ; un livre court et, en plus, avec des photos et des illustrations.

— Très bien, je le prends.

— C'est pour vous ou c'est pour offrir ? s'enquiert la libraire.

— Euh... c'est pour offrir...

Lors de nos promenades, il nous arrive parfois de les croiser. Je les vois passer à bicyclette de l'autre côté de la rivière, légères et ondoyantes, deux divinités sous les rayons d'or de la fin d'après-midi, si proches et pourtant toujours aussi inaccessibles. Puis, sautant des vélos, elles disparaissent derrière leur portail, laissant dans leur sillage l'écho de leurs rires.

Chaque fois qu'elles se manifestent, je réussis à me rendre invisible par la grâce d'un arbre ou d'un talus.

— Tu as vu qui est passé ? me demandes-tu lorsque je réapparais.

Je hausse les épaules, me composant l'air le plus neutre possible alors que mon cœur se déchaîne dans ma poitrine.

— Tu n'as pas vu ? C'était Sandra Maréchal et sa fille.

Quelques instants plus tard, par les fenêtres grandes ouvertes, la voix de Sandra s'élève dans les airs, soutenue par quelques notes de piano.

Le charme entêtant de cette mélodie, à la fois triste et gaie, continue d'agir bien après que nous l'avons laissée derrière nous. Elle trotte dans nos têtes, nous tenant compagnie sur tout le chemin du retour.

Dès que le bar lui en laisse le loisir, papa se rend en catimini à la cave parmi ses bouteilles. Il libère son *Abécédaire* serti entre deux caisses et, sous les rais de lumière poudreuse qui se répandent par le soupirail, il en entame la lecture.

Hélas, il est souvent interrompu dans son exploration par l'arrivée d'un client. La petite cloche le rappelle à l'ordre. Alors, en soupirant, il remise son livre et retourne derrière son comptoir.

Ainsi, papa fait la découverte de l'univers de Proust en suivant l'alphabet : A comme *À la recherche du temps perdu*, *Albertine*, *Art* ou *Asthme* ; B comme *Bergotte* ; C comme *Cabourg*, *Chambre*, *Charlus* ou *Combray* ; D comme *Dreyfus* ; E comme *Elstir* ; F comme *Fleurs* ou *Françoise* (qui lui fut enfin présentée) ; G comme *Gilberte* ou *Guermantes*...

Hélas, les choses se gâtent le jour où il tombe sur la lettre H, celle qui abrite l'article *Homosexualité* (voir *Inversion*) ainsi que sur la lettre O comme *Odette,* mais surtout comme *Onanisme.*

C'est l'heure creuse au café. Quelques rares clients jouent aux cartes sans échanger un mot pendant que tu fais les comptes derrière le comptoir.

C'est d'abord un roulement de tambour, un terrible grondement annonciateur d'orage, provenant des tréfonds du bar. Puis la foudre s'abat.

Papa surgit de la cave. Écumant de rage, brandissant son *Abécédaire* comme une menace, il charge dans ta direction.

— Paola, il faut qu'on parle !

Il serre les dents, colère rentrée, pour que les clients ne l'entendent pas. En pure perte, évidemment. Après une pareille irruption, tous les regards se portent sur vous.

— Qu'est-ce qui se passe ? C'est si important que ça ? te défends-tu. Tu vois bien que je suis occupée...

Papa grince des dents, incapable de se maîtriser.

— Oui, c'est important ! C'est au sujet de notre fils ! Viens, je te dis !

Tu comprends qu'il vaut mieux ne pas le faire attendre et t'excuses auprès des clients pendant que papa furibond te saisit par le bras et t'entraîne à l'abri des regards indiscrets.

— Oh ! doucement, Aldo.

— C'est quoi, ces lectures ? Tu crois que c'est de son âge ? Est-ce que tu sais qui c'est, ce Proust ?

Tu hausses les épaules, les yeux au ciel.

— Évidemment, je sais qui c'est ! Mais qu'est-ce qui te prend, tu es soûl ou quoi ?

— Pas... pas du tout ! Est-ce que tu sais... est-ce que tu sais au moins qu'il est... de la *jaquette flottante* ?

— Jaquette flottante ? Ça veut dire quoi ?

— *Pédé*, si tu préfères !

Tu pars dans un grand éclat de rire en applaudissant.

— Bravo. Franchement bravo ! Tu parles d'une nouvelle ! Oui, il était homosexuel. Et alors ? Où est le problème, tu peux me dire ?

Papa manque de s'étouffer.

— Ah, tu ne vois pas de problème ?

— Non.

— Ben, le problème… je vais te le dire, moi. C'est que j'aimerais pas… j'aimerais surtout pas… que ça donne des idées à mon fils, si tu vois ce que je veux dire ?

— Non, désolée, mais je ne vois *absolument* pas ce que tu veux dire ! Des idées ? Je rêve ! Ça ne s'attrape pas dans les livres ! Et puis, ce n'est pas une maladie, enfin !

Évidemment, une chape de silence s'est abattue sur le bar et les clients ne perdent pas une miette de votre algarade. Papa en est rouge, mais il repart à la charge.

— Et alors, pourquoi il a arrêté le foot, d'abord ?

— Le foot ? Quoi, le foot ? Mais tu mélanges tout, mon pauvre ami ! explodes-tu, parfaitement excédée. Ça n'a rien à voir. Et puis, si tu t'étais bien renseigné, tu devrais savoir que dans la *Recherche du temps perdu,* Marcel tombe amoureux de filles…

— Ah oui ! Des filles ? ironise papa. Albertine, Gilberte, c'est ça ? Des filles, bien sûr ! Tu me prends pour un demeuré ? Ce ne serait pas plutôt des prénoms d'hommes déguisés en filles, non ? Et puis, s'il y avait que ça ! Je parie que tu sais même pas que Proust, oui *ton* Proust, eh bien, il avait des jeux érotiques… plutôt spéciaux…

— Ah oui ?

— Parfaitement !

Et papa baisse le ton jusqu'au chuchotement.

— Figure-toi qu'il allait voir les animaux se faire égorger, ça l'excitait, il paraît… En plus, en plus, il se masturbait tout le temps… Tu veux que ton fils devienne comme ça ? C'est ça que tu veux ?

— Mais où est-ce que tu es allé chercher tout ça ? Dans les poubelles ? Tu délires, mon pauvre ami…

— Pas du tout, s'étrangle papa. C'est lui-même qui le dit dans ses lettres… C'est écrit là-dedans, je te jure ! se défend-il en te présentant l'*Abécé-daire* comme s'il s'agissait du code civil.

— Au moins, cela t'aura fait lire quelque chose ! Oh ! Et puis j'en ai marre ! Tu ne comprends rien à rien ! La vie d'un écrivain, ça n'a pas de rapport avec ce qu'il écrit dans les livres…

— En attendant…

— En attendant, rien du tout ! C'est quoi, ce procès ridicule ? Tu devrais plutôt être fier que ton fils s'intéresse à Proust… C'est autre chose que le foot, ce sport d'idiots !

Quelques grognements proviennent de la salle. Hé oui, ta phrase sonne comme un blasphème dans ce lieu ! Papa te fait des signes désespérés pour que tu parles moins fort. Mais tu es lancée, impossible de te retenir.

— Et alors ? Je n'ai pas honte de le dire : OUI, LE FOOTBALL, C'EST UN SPORT

D'ABRUTIS… Et si tu n'y vois pas d'inconvénient, moi j'ai d'autres ambitions pour mon fils. D'abord… je ne voudrais pas qu'il finisse cafetier !

Tu tournes les talons, laissant papa cloué sur place, crucifié au milieu du bar. Il n'osera plus te reparler de Proust.

Pour autant, le sujet n'est pas clos ; un moment encore il continue de tourmenter papa.

À cette époque, je le surprends à me fixer bizarrement, à la recherche d'indices.

Papa rumine. La nuit, il doit se retourner dans le lit, rester les yeux ouverts fixés au plafond, incapable de trouver le sommeil, rongé par les affres de l'incertitude concernant son fils.

Suis-je ou ne suis-je pas de la *jaquette flottante* ? C'est la question qui le hante.

Moi, en revanche, je dors bien profondément, quand, dans l'obscurité, je sens une main secouer mon épaule. Je me réveille en sursaut et pousse un cri.

— Papa ?

— Chut !

— Qu'est-ce qu'il y a ? Qu'est-ce qui se passe ?

— Chuuuuut !

Je me frotte les yeux en ronchonnant.

— Mais quelle heure il est ?

Papa allume ma lampe de chevet et fait jaillir le matériel de pêche sous mon nez.

— Viens, on y va, chuchote-t-il. C'est idéal à l'aube, ça mord mieux, les poissons sont endormis, tu comprends ?

— Mais, papa, je croyais que t'en avais marre de la pêche ?

— Dépêche-toi ! Et surtout ne réveille pas ta mère.

Tout ensommeillé, je m'habille, enfilant mon tee-shirt à l'envers. Il fait encore nuit quand nous sortons de la maison, marchant sur la pointe des pieds et rasant les murs comme des cambrioleurs.

Sous les premiers rayons du soleil, une brume légère s'élève du lac d'un blanc brillant qui ressemble à de la laque japonaise. On est là, papa et moi, canne en main. C'est d'un calme ! Pas la moindre ridule à la surface de l'eau. Bercé par le coassement des grenouilles, je peine à réprimer des bâillements. Mes paupières pèsent des tonnes.

À mes côtés, papa remue sur son siège de pêcheur. L'inconfort du tabouret n'en est pas la seule cause. Je le sens particulièrement mal à l'aise. Il me lance des sourires qui sonnent faux et des clins d'œil à contretemps ; tu sais, comme quand il a quelque chose à dire et qu'il n'ose pas.

En tout cas, je ne fais rien pour l'aider, fixant le bouchon de ma canne, si parfaitement immobile qu'il semble être pris dans la glace. Il sait combien je déteste la pêche et il m'y a traîné de force !

Finalement, il s'éclaircit la gorge et se lance.

— Mon fils, tu es grand maintenant, on peut parler, hein ? Bon, tu sais qu'il y a l'amour entre les hommes et les femmes, que ça donne des enfants.

J'acquiesce sans difficulté.

— Bon, et il y a aussi… eh bien, les garçons… qui s'aiment entre eux…

— Oui, les homosexuels, dis-je, le plus naturellement

— C'est ça ! Mais – comment dire ? – c'est pas… tu sais… c'est pas que, mais bon…

Je le laisse se débattre, bien décidé à ne pas lui faciliter la tâche.

— Enfin, bref, tu préfères quoi, toi ?

— Comment ça ?

Papa est au supplice.

— Ben oui, tu préfères les garçons ou les filles ? Tu peux tout me dire, tu sais.

Sadique, je prends mon temps pour répondre afin de bien prolonger son calvaire.

— Ben, les filles…

Tu aurais vu papa : il se met à souffler, soulagé, cachant une intense jubilation. Il a retrouvé son élan.

— Alors t'es amoureux ?

Je réponds en hésitant :

— Non…

— Non-non ? relance-t-il, pas totalement convaincu par mon démenti. – Il me donne un coup de coude. – Allez ! c'est qui ? Je la connais ? Dis-le-moi !

Papa insiste tellement que je finis par céder.

— Tu vois qui c'est, la chanteuse ?

— Sandra Machin-chose ?

— Oui, Sandra Maréchal.

Je regrette presque de lui avoir avoué.

— Mais tu n'en parles pas à maman, hein ?

— Promis ! me jure papa en levant la main comme au tribunal.

Je le sens requinqué.

— Ah, ah ! Et elle s'appelle comment alors ?

Je fais des yeux ronds.

— Ben… Sandra.

— Elle, je sais. Mais sa fille, elle s'appelle comment ?

C'est alors que je comprends… qu'il n'a pas compris.

— Églantine.

— Églantine ? C'est original comme prénom. Et alors ?

— Alors quoi ?

— Ben, vous vous êtes… ?

— Embrassés ? Non.

Papa fronce les sourcils.

— Mais… vous vous parlez ?

— Ben, non, même pas. De toute façon, elle ne fait pas attention à moi.

— Mais c'est à toi, mon gars, de te faire remarquer ! C'est comme ça, qu'est-ce que tu crois ? Pour ta mère, il a même fallu que je me batte. Pour de bon, je ne rigole pas ! Avec un costaud. Ma cicatrice là sous l'œil, c'est depuis ce jour-là. C'est un porte-bonheur. Sans cette cicatrice, elle ne m'aurait jamais remarqué.

Papa se tait un instant, absorbé dans ses pensées.

— Et le jour où elle m'a dit « oui », ça a été magnifique. Un miracle.

Ses yeux s'embuent, mais il fait aussitôt diversion.

— Dis-moi, mon garçon, on a intérêt à attraper quelque chose si on veut manger à midi.

Tu as entendu. Voilà comment papa parle de toi. Hé oui, tu es son miracle.

Nous rentrons en longeant la Solène, sans la moindre prise, complètement bredouilles. Papa, bien entendu, a son explication.

— Je t'assure, à un moment, j'ai senti quelque chose au bout de la canne, je suis sûr que j'en tenais un. Un gros en plus… On aurait pu en prendre plein. Ce sont les hameçons. Ils n'accrochent pas, ceux-là. Il faut que j'en change.

— La fois dernière, c'étaient les appâts qui n'allaient pas. T'es sûr que ce n'est pas le pêcheur qu'il faut changer ?

— C'est ça, moque-toi de ton vieux père !

Je sens que papa veut aborder un autre sujet. C'est une manie, aujourd'hui ! Il m'a eu la première fois. Cette fois-ci, je trouve le moyen de faire diversion, reconnaissant des jonquilles au passage. Je lui suggère qu'on t'en apporte quelques-unes, mais il poursuit son idée.

— Au fait, Bernard n'arrête pas de me tanner… Tu sais, Bernard ?

— Ouais, ouais, dis-je sans conviction.

— Pourquoi tu ne vas plus à l'entraînement ? Je ne sais plus quoi lui raconter, moi ! Ça ne te plaît vraiment pas, le foot ?

— Pas trop, non.

— Pourtant tu aimais bien ça avant ! Tu ne veux pas réessayer pour voir ?

— Pas vraiment…

— Tu sais, il faut faire du sport pour se développer, pour devenir un homme, quoi ! OK, oublions le foot, il n'y a pas autre chose que tu aimerais faire ? Je sais pas moi… Du judo ? Le judo, c'est bien, ça te permet de te défendre, mais ça se passe aussi dans la tête, la concentration…

Pauvre Papa ! Sur le chemin du retour, il tente tout ce qu'il peut, me louant tour à tour les mérites de l'athlétisme, de l'aviron, du basket, du handball, de l'équitation, de la natation, du tennis, du ping-pong... Et même du golf, c'est dire s'il est prêt à tout !

Mais, pour son plus grand malheur, il doit être écrit quelque part que son fils ne se convertira jamais au sport.

Toutefois, afin de donner satisfaction à papa sur un point, je décide de relever le défi concernant Églantine. Ne sachant comment procéder, je fais part à Mouche de mon intention. Je suis certain qu'il va me tirer de ce faux pas.

— Tu veux te faire remarquer, c'est ça ?

Mouche s'abîme dans une profonde réflexion. Avec un sérieux tout professionnel, comme s'il s'agissait d'une mission de la plus haute importance. Comme pour signifier que les rouages de son cerveau s'activent, il hoche la tête et fronce les sourcils.

Soudain, il se relâche.

— Ça y est. Je crois que j'ai une petite idée, me lance-t-il sur un ton de conspirateur.

Nous mettons sa *petite idée* à exécution dès le lendemain.

On est attablés à la cantine. Mouche me désigne la place où se trouve Églantine. À son signal, nous quittons notre place pour aller chercher un broc d'eau. J'avance muni de mon récipient, et plus j'avance, plus je me dis que cette *petite idée* est stupide. Cependant Mouche, à mes côtés, comme un entraîneur sportif, me contraint à continuer.

Ensuite, tout se passe au ralenti, comme dans un cauchemar. J'arrive à la hauteur d'Églantine, je me dis que non, décidément, ce n'est pas possible, je ne peux pas faire ça ! Mais Mouche ne me laisse pas le choix. Il me projette d'un grand coup d'épaule vers la table, où ce qui doit arriver se produit : le contenu du broc se répand sur Églantine.

Douchée de la tête aux pieds, Églantine se fige comme une statue en poussant un grand cri. Un silence de plomb s'abat aussitôt sur le réfectoire et les regards nous fusillent.

Tout penaud, je bafouille d'inaudibles excuses :

— Oh, pardon, je suis désolé !

Églantine se lève, elle me gifle de toutes ses forces et quitte la cantine au galop. Le profil bas, je retourne à ma place sous une nuée de sifflements alors que tout le réfectoire scande mon prénom en se gondolant. Le surveillant bondit pour éteindre l'incendie.

Mouche exulte. Tout s'est déroulé comme il le souhaitait.

— Alors, qu'est-ce que je t'avais dit ? Ça a marché !

Pour ma part, je ne pense qu'à une chose : me faire oublier du reste de la terre.

— Oui, mais au moins elle t'a remarqué ! C'est ce que tu voulais, non ?

Je ne sais pas ce qu'est devenu Mouche. Toujours est-il qu'il avait toutes les qualités requises pour devenir avocat ou homme politique. Ou mieux : avocat lancé en politique !

Un soir, le mot « catleya » fait son apparition dans notre vie.

— C'est quoi, des catleyas ?

Tu interromps ta lecture.

— Oh, ce sont de très belles fleurs, comme des orchidées, mais très colorées, on dirait de la soie ou de la peau.

Au fil du texte, nous découvrons comment Swann les arrangeait sur le revers de la veste d'Odette et de quelle manière ces fleurs étaient devenues un élément particulier de leur rituel. Le rôle que jouaient ces fleurs et la nature du rituel se précisèrent au point que Swann trouva l'expression « faire catleya », à la fois comme formule idiomatique et comme métaphore.

À mesure que le texte se fait plus explicite, tu marques le pas dans la lecture. Toute rose, tu te mets alors à avaler les mots, accélérant la cadence. Les derniers passages se perdent dans ton souffle, totalement inaudibles. Le visage empourpré, tu regardes l'heure et tu sursautes.

— Oh là ! Mais c'est qu'il est tard, mon biquet !

D'autorité, tu éteins la lumière.

Le lendemain, lorsque nous reprenons notre lecture, les catleyas ont disparu comme par enchantement.

— « Faire catleya » ? Ça sonne superbien ! s'exclame Mouche alors que je viens de l'affranchir sur la signification de l'expression.

Infatigable chercheur, Mouche est un amateur de locutions nouvelles. Il caresse le rêve de lancer, un jour, une expression dont il serait l'inventeur.

En attendant, il s'amuse à se mettre cette nouveauté en bouche de mille manières, comme on teste un nouveau jouet.

— « Madame, ma parole, je voudrais faire catleya avec vous ! » C'est classe ! Ou alors, tiens, autre chose : « Voulez-vous faire catleya avec moi, ce soir ? »

Ainsi, par la grâce du bouche-à-oreille, les catleyas obtiennent une belle consécration : les élèves de troisième les choisissent pour baptiser leur groupe. Toutefois, ils optent pour une autre graphie, avec un « k », jugée certainement plus rock.

Alors, en l'espace de quelques semaines, on assiste à l'éclosion, sur les cartables, les tee-shirts et les murs, d'une multitude de *katleyas*.

Il est tard et je dors depuis longtemps lorsque papa remonte du bar où il a terminé sa journée. Il gravit l'escalier d'un pas lourd. Il s'arrête, prend appui sur le mur comme si ses jambes l'abandonnaient. Il s'assoit sur une marche. Les larmes lui montent aux yeux ; il a envie de hurler.

Pourtant, il se ressaisit, s'essuie les yeux et grimpe les escaliers jusqu'à la maison. Il te retrouve dans la chambre.

Tu es là, dans la pénombre, prostrée sur le lit. À côté de toi, une feuille froissée.

Papa s'approche en silence. Il passe son bras autour de ton cou.

— Ça va aller, tu sais, trouve-t-il la force de te dire.

— Je n'ai pas envie d'y retourner, Aldo. Ça ne marchera pas...

Papa te serre contre lui.

— Mais si, mais si, tu vas voir... Tu as entendu ce qu'a dit le médecin ? Les résultats sont excellents maintenant. Ils ont fait d'énormes progrès, ce n'est plus comme avant.

Tu t'abandonnes entièrement, la tête sur son épaule.

— On ne lui dit rien, hein, Aldo ?

Papa hésite un court instant.

— Tu ne crois pas que...

— Surtout pas ! Il est si petit encore. Il ne comprendrait pas.

Papa n'insiste pas.

— Tu as raison, il se ferait du souci pour rien.

La manœuvre initiée par Mouche en vue de me faire remarquer par Églantine, bref sa *petite idée*, n'obtient pas le succès prédit par son inventeur. Églantine m'ignore tout autant qu'avant. Avec une aggravation notable : désormais, elle m'ignore *volontairement*.

Je vis chacune de leurs apparitions comme une souffrance. Parfois je vois passer leur image inversée dans la Solène, bras dessus, bras dessous, deux copines aux rires chantants, légères dans leurs robes à fleurs. Qui suis-je face à ces deux déesses hors de ma portée ?

Pour autant, je ne les en aime que davantage ; en rêve, je suis reçu chez elles, n'ayant pas à choisir. Nous vivons un amour à trois, coupés du reste du monde, dans une parfaite harmonie.

Pendant que je me laisse bercer par ces douces rêveries, Mouche, infatigable Clausewitz en culottes courtes, rêve d'action. Il faut réagir, me serine-t-il, reprendre les opérations en main. Il suffit juste d'adopter la bonne stratégie cette fois-ci. Un matin, il me soumet triomphant son plan d'attaque, fruit d'une intense cogitation.

— J'ai trouvé ! Maintenant c'est à toi de jouer : tu vas la snober. Tu ne la regardes plus. Tu l'ignores encore plus qu'elle. Tu ne joues plus au toutou qui attend son nonosse. Tu vas voir, ça va la rendre folle !

— Tu es sûr ?

— Du pur porc !

Aujourd'hui, je reconnais que c'était finement analysé. Mais, sur le coup, je ne saisis pas toute la subtilité du stratagème. Je me borne à en faire une lecture court-termiste :

— Tu ne crois pas que ce petit jeu peut durer longtemps si on s'ignore tous les deux ?

Mouche se gratte le menton.

— C'est un risque, concède-t-il.

Je lui fais part de ce que m'a raconté papa concernant votre rencontre et comment il est allé jusqu'à se battre pour te conquérir. Sans penser à rien de précis – c'est bien là mon problème –, je me dis que quelque chose d'héroïque, un acte d'éclat un peu viril peut me sortir de l'impasse.

Mouche éclate de rire.

— Quelque chose d'héroïque ? Oh ! mon pote, réveille-toi, on n'est plus au Moyen Âge ! Et puis, je voudrais pas dire, mais franchement… tu te vois en train de te battre ? Et contre qui ? Laisse tomber. En plus, c'est pas son truc à Églantine.

— Ah bon, et ce serait quoi son truc ? lui dis-je, un brin vexé.

Mouche abat alors sa carte maîtresse.

— Il faut que tu joues au *littéraire*.

— Au littéraire ?

— Ouais, genre écrivain ! Je suis sûr que ça lui plaît ce côté-là.

— Mais comment je fais ? Je me balade avec un livre ? Une plume et des feuilles à la main ? Et pourquoi pas un luth pendant que t'y es ?

Mouche reste stoïque face à mes sarcasmes. Il maintient le cap, persiste et signe : si je veux avoir des chances de séduire Églantine, il est impératif que je me distingue nettement des « beaufs », comme il les appelle, que j'affiche ma différence en promenant un air hautain et méprisant sur mes congénères, que je reste à l'écart de la foule et que, surtout, je ne banalise pas mon image avec des enjeux picrocholins et masculins.

— Bref, il faut qu'elle sente que t'es différent, quoi. Tu souris quand les autres jouent au foot, par exemple... Ne fais jamais la queue comme les autres.

Si je dois m'exposer avec un livre, il faut que je le choisisse avec pertinence.

— Surtout pas un truc scolaire ou nunuche ! Ton Proust, ça peut faire l'affaire à la rigueur...

Les jours suivants, je m'escrime à distiller cet air inspiré, supérieur, un brin méprisant, dont Mouche m'a tant vanté les vertus. Cela me vaut plutôt quelques désagréments. On n'a rien sans rien, comme dirait Mouche.

Me voyant constamment froncer les sourcils – seul moyen que j'ai trouvé pour imprimer un semblant de profondeur à mon regard –, tu t'inquiètes de savoir si je dois porter des lunettes. On prend même rendez-vous chez l'ophtalmologiste.

Cet air absent que je m'ingénie à adopter me vaut aussi de louper une marche dans les escaliers et d'effectuer une belle dégringolade. Démonstration involontaire du « littéraire » qui n'a pas les pieds sur terre…

Prévenant, j'ai un exemplaire de Proust dans mon cartable pour « le cas où ». À sortir si nécessaire… Et un jour, cette occasion se présente.

Églantine se trouve en bibliothèque. Elle écrit, penchée sur son cahier. Elle plonge en apnée pour une longue phrase, puis, relevant la tête avec un air extatique, elle porte l'embout de son stylo à la bouche pour s'immerger de nouveau dans sa rédaction. Je trouve une place libre à sa table dans la diagonale. D'un geste fluide et décontracté, je sors nonchalamment mon ouvrage. Je le manie de façon qu'elle puisse bien voir ce que je suis en train de lire.

Je prends la pose idoine, balayant les phrases du regard. De façon totalement arbitraire, je souris à certains passages, à d'autres je laisse flotter un regard rêveur et à d'autres encore je griffonne quelques notes d'une main assurée.

Nos regards se croisent. À plusieurs reprises, même. Mais ils sont tellement habités par la ferveur littéraire qu'ils restent imperméables l'un à l'autre. Ce petit cirque s'éternise…

Lassé de ma pantomime inefficace, je me lève, oubliant volontairement mon livre sur la table, bien en évidence. L'appât va-t-il fonctionner ?

J'espère en tout cas qu'il agira plus efficacement que ceux de papa à la pêche !

Je sors lentement de la bibliothèque et avance à petits pas dans le couloir. Dans mon dos, j'entends la porte de la bibliothèque s'ouvrir, une présence féminine s'approcher. Je ralentis encore la cadence. Une main m'effleure l'épaule et un frisson délicieux me parcourt.

— Tu as oublié ça…

Je me retourne, feignant la surprise. Et, de fait, je suis surpris. Il ne s'agit pas d'Églantine. Je me retrouve face à Josiane, une fille de ma classe qui me tend mon exemplaire abandonné.

— Tu lis ça, toi ? s'exclame-t-elle dans un large sourire métallique, jetant sur moi un strabisme admiratif.

Sans un mot, je lui arrache mon exemplaire des mains et m'éloigne avec un mouvement de tête méprisant.

La « stratégie littéraire » se solde par une débâcle. Non seulement elle n'a eu aucun effet sur Églantine, mais elle m'attire pour quelque temps les faveurs de Josiane qui me harcèle. Elle s'est mis en tête de partager avec moi ses impressions en matière de littérature !

Dès lors, un différend stratégique nous oppose, Mouche et moi, quant à la marche à suivre : il recommande un sursaut offensif, une amplification des moyens d'attaque, alors que, pour ma part, je préconise le repli stratégique. Je dois batailler ferme pour prouver à Mouche qu'il ne s'agit pas d'une capitulation, mais d'un cessez-le-feu provisoire.

Au fond, je préfère l'illusion d'une hypothétique victoire demain à la certitude d'une défaite aujourd'hui.

Ainsi, je découvre les vertus du mot « demain ». Un mot qui a le pouvoir de préserver intacte ma vie rêvée avec elles. C'est l'effet magique de la procrastination : tant que la défaite n'est pas consommée, on peut toujours s'imaginer en vainqueur !

Je crois d'abord à une hallucination.

Je viens de quitter Mouche sur le chemin du retour lorsque je l'aperçois. À quelques mètres à peine, elle se tient sur le bord du chemin, visiblement désemparée, sa bicyclette à la main.

Je me fige sur place, tétanisé, songeant sérieusement à faire demi-tour. Mais je suis trop engagé. De plus, elle a dû m'apercevoir. Alors je reprends ma marche. Je m'efforce d'adopter l'allure la plus *cool* possible, émettant un sifflotement, alors que le sang me bat aux tempes. Arrivé à sa hauteur, je lui lance un « salut » bien distancié et je poursuis ma route.

Dans mon dos, Églantine prononce mon prénom. Je fais volte-face.

— C'est bête, j'ai déraillé, me dit-elle de son rire chantant, en me présentant sa chaîne de bicyclette.

— Ah !

Je me propose de l'aider. Mais ma bonne volonté ne suffit pas. Je ne parviens pas à dompter ce serpent graisseux terriblement retors. Je tourne vers Églantine un visage maculé de cambouis ; mon sourire d'impuissance doit tenir plutôt de la grimace. Elle en rit.

Elle a un léger haussement d'épaules ravissant.

— C'est pas grave…

Je pousse sa bicyclette jusque chez elle. En longeant la Solène, on échange quelques mots timides. Au passage, d'un air connaisseur tout empreint de modestie, je nomme quelques fleurs. Évidemment, elle est surprise…

Arrivé au seuil de sa villa, je fais semblant de découvrir l'endroit. Combien de fois, pourtant, nous sommes passés devant, toi et moi ! Et combien de fois, j'en ai franchi le seuil en rêve !

Nous nous quittons sur un silence gêné. Mais j'ai à peine fait quelques pas qu'elle m'appelle de nouveau. Lâchant sa bicyclette, elle court à ma rencontre. Elle s'arrête à quelques centimètres seulement, jamais je ne l'ai vue d'aussi près.

— Je fais une fête samedi… Ce serait bien si tu pouvais venir, me dit-elle, le souffle court.

Quel choc ! J'aurais voulu hurler ma joie, mais je me contente de lui demander d'un air neutre :

— Ah ouais, samedi ? À quelle heure ?

— Oh… À partir de 7 heures.

Je fais semblant de réfléchir, tâchant de ne pas trahir l'intensité de mon excitation.

— Très bien. Ça tombe bien, je n'ai rien ce week-end.

— Si tu veux, tu peux venir avec quelqu'un.

— Non, non…, dis-je, ingrat envers Mouche.

— Et… Josiane ? risque-t-elle timidement.

Ma réponse jaillit comme un cri du cœur.

— Surtout pas !

Elle sourit, visiblement soulagée.

— Alors à samedi, me fait-elle avec un signe de main charmant.

Je rentre à la maison sans toucher le sol. Sur mon petit nuage. Je chante, je hurle, je danse à travers bois, avec l'envie d'embrasser chaque tronc. Finalement le monde n'est-il pas bien fait ? Et puis cocasse : Églantine jalouse de Josiane !

Follement heureux, j'ai le sentiment jouissif de vivre les premières minutes de ma vraie vie !

Tout à mon euphorie, à peine franchi la porte du bar, je me précipite vers papa pour lui faire part de la nouvelle.

— Papa, tu ne devineras jamais qui…

Mais il ne me laisse pas le loisir d'achever ma phrase, m'attirant à l'écart, l'index sur la bouche.

— Chut !

Puis il se met à chuchoter comme un conspirateur en se frottant les mains.

— J'ai eu une idée. On va faire une surprise à ta mère. On va aller à Cabourg en Normandie, tu sais, au Grand Hôtel… C'est bien là que Marcel Proust se rendait ? C'est une bonne idée, non ?

Bien sûr que c'est une bonne idée. Une excellente idée, même ; je suis certain que cela va te faire plaisir.

J'acquiesce vivement. Mais je reçois un coup de poing en plein plexus quand il m'annonce qu'il a réservé pour ce week-end.

— Quoi ? Ce week-end ?

— Chut ! C'est bien, non ?

La tête me tourne. J'en balbutie.

— Non ! Papa… pas ce week-end ! C'est… pas possible !

Il fronce les sourcils.

— Mais qu'est-ce qui te prend ? Pourquoi pas ce week-end ?

— Je suis invité à la fête d'Églantine. Tu sais, Églantine, la fille de Sandra Maréchal.

Papa souffle et secoue la tête, contrarié.

— Oui, je sais ! Mais ce n'est pas grave, tu iras une autre fois…

— Non ! J'y vais pas ! Allez-y tous les deux. Moi, je reste !

Le visage de papa tourne au pourpre ; il serre les poings, se retenant pour ne pas exploser. Il saisit mon bras si fort que j'ai l'impression qu'il va le rompre.

— Tu ne discutes pas ! Tu viens, c'est compris ?

— Mais pourquoi *ce* week-end ? On peut pas y aller une autre fois ?

— Non, c'est comme ça ! Et puis c'est tout ! C'est important pour ta mère ! Ne pose plus de questions !

C'est à ce moment-là que tu es arrivée.

— Dites-moi, vous deux, qu'est-ce vous complotez là ?

— Rien, rien, s'efforce de répondre papa en souriant. On avait juste pensé à une petite surprise. Oh ! Et puis, on peut bien te l'annoncer maintenant.

Il me lance un coup de coude.

— Vas-y, dis-lui, fiston !

Je te fournis l'information, comme on annonce un sinistre.

— On va aller au Grand Hôtel… À Cabourg…

— Oui… ce week-end, s'empresse d'enchaîner papa.

Tu es ravie et aussitôt tu me serres dans tes bras.

— Cabourg ! C'est magnifique ! Quelle belle idée, mon chéri ! me dis-tu, pensant que c'est moi qui en suis l'auteur.

Aussitôt je m'enfuis.

Tu te tournes vers papa en fronçant les sourcils.

— Mais qu'est-ce qu'il a ?

— Aucune idée, se défend-il en haussant les épaules.

Tu restes méfiante, fixant papa dont le regard t'échappe.

— Tu lui as dit, hein, c'est ça ?

— Mais non, je ne lui ai rien dit. Je t'assure ! C'est sûrement un truc de gosse…

Je m'effondre sur mon lit. Un truc de gosse ! Il en a de belles, papa ! Alors que je viens juste d'entrevoir le paradis, soudain, sans raison, il m'en interdit l'accès.

Qu'est-ce que j'ai pu lui en vouloir ! Pourquoi ce week-end-là ? Pourquoi ? Je pense que je suis maudit, que ma vie est fichue.

J'échafaude des plans d'évasion. Un moment, la pensée d'en finir m'effleure. Papa aurait ce qu'il mérite, après tout !

Ce fameux week-end, nous sommes en route pour Cabourg. Endimanchés comme si nous nous rendions à une noce. Tu as insisté pour que je mette le costume qui est resté suspendu dans le placard depuis le mariage d'oncle Carlo.

À notre arrivée, tu sors de la voiture, le souffle coupé devant la majestueuse façade. Papa se saisit des bagages, mais un chasseur, vif comme l'éclair, intervient aussitôt pour les lui arracher des mains.

Une fois passé la porte-tambour, vous restez médusés par la magnificence du décor. Les yeux éblouis sous les lustres étincelants, vous admirez dans un silence pétrifié les lambris, les colonnes de marbre et la baie vitrée qui offre une vue panoramique sur l'immensité d'émeraude.

Nos pieds s'enfoncent dans les tapis moelleux et, partout, des fleurs distillent leurs parfums subtils...

— Bienvenue au Grand Hôtel !

La voix du maître d'hôtel vous sort de votre rêve.

Papa a bien fait les choses : notre chambre donne sur la mer. Tu te précipites aussitôt sur la terrasse et, une fois le bagagiste parti, tu t'exclames avec une exaltation qui comble d'aise papa :

— C'est magnifique ! C'est exactement comme je l'imaginais : les tableaux d'Elstir, les couleurs changeantes de la mer...

Les yeux mi-clos, tu ouvres tes bras, la tête jetée en arrière, laissant le vent caresser ton visage et tes longs cheveux.

— Même l'air, tiens, je l'imaginais comme ça !

Quelques instants plus tard, je traîne mon inconsolable détresse dans les couloirs de l'hôtel, parcourant, accablé, les motifs qui se répètent inlassablement le long des tapis.

C'est totalement irréel. Qu'est-ce que je fais là, prisonnier dans un palace ? Je m'imagine en fugitif, me rendant en autostop à la fête d'Églantine, acclamé en héros rebelle par mes deux déesses, centre de toutes les attentions, félicité pour mon exploit…

Soudain, quelques notes de piano me sortent de ma rêverie. Je les connais : ce sont celles qui s'échappaient parfois de chez Églantine. Je me laisse guider par le fil incertain de la mélodie à travers le labyrinthe de l'hôtel. Il me mène au grand salon.

Là, face à la baie vitrée, émerge de mon éblouissement une jeune fille sur une estrade. Elle se tient droite devant le piano à queue couleur ivoire qui semble flotter sur les reflets opalescents de la mer. Fasciné, je m'approche. J'admire son long cou qu'une queue de cheval dénude et le dessin de ses hanches que laissent deviner les contours de sa robe à fleurs. Visiblement, elle sent ma présence, car elle se raidit. Elle arrête de jouer, tourne son visage vers moi et porte la main à sa poitrine dans un geste de crainte.

— Désolée… J'ai eu peur…

— Tu peux continuer, j'adore ce morceau, lui dis-je, un brin cavalier.

— Oh ! j'avais terminé.

Elle s'empare de sa partition, la glisse sous son bras et descend de l'estrade.

Je cherche à la retenir avec la première question qui me vient à l'esprit :

— Tu viens d'où ?

Elle a une adorable hésitation.

— Ici.

— Ici ? À l'hôtel ?

Elle acquiesce. Je cherche à cacher mon admiration.

— C'est *cool*, dis-je tout en jetant un regard détaché aux lustres et aux lambris.

Puis je me présente. Italien, originaire de Venise et fan de Proust, je suis de passage ce week-end pour une sorte de pèlerinage.

Dans un souffle, timide, elle m'apprend qu'elle s'appelle Garance.

— Charmant prénom. C'est bien le nom d'une plante ? D'un très beau rouge, non ?

Les allusions à Proust et à l'étymologie de son prénom semblent produire leur effet car je la sens impressionnée. La véritable cause de son étonnement est pourtant tout autre.

— Dites-moi… vous parlez bien le français… pour un Italien !

— Oh ! dis-je, jouant au modeste, j'adore cette langue et je viens souvent en France. Hélas, il m'arrive de faire – comment appelez-vous ça, les Français ? Ah oui ! des barbarismes et même parfois des solécismes.

Son rire est chaud, subtilement rauque. Soudain sensible au génie du lieu, je me sens pousser des ailes : je suis en train de vivre le début d'une idylle avec la jolie fille du propriétaire du Grand Hôtel !

Nous dînons dans la salle à manger face à la mer, alors qu'à l'horizon le soleil disparaît lentement. Les nuages rougeoient, faisant naître des flammes dans tes grands yeux émerveillés. Le maître d'hôtel vient nous servir le champagne.

— À Proust ! lance papa en levant sa flûte. Alors, comme ça, le jeune Marcel venait ici avec sa grand-mère ? Maintenant, au moins, je pourrai dire que j'ai fréquenté le même hôtel que lui ! Tchin !

Nous trinquons. Papa est en verve : il nous raconte son exploration de la face cachée de l'hôtel, son odyssée dans les cuisines, les buanderies, les celliers, la cave et même le local à poubelles. Cela te fait rire.

— Et puis, cet après-midi, il m'est venu une idée, claironne-t-il, cherchant à attiser notre curiosité.

Il marque une pause, ne voulant pas rater son effet.

— Oui, vous voyez les chambres qui se trouvent derrière le bar à Montigny ?

— Tu veux dire celles dont on se sert comme débarras ? demandes-tu avec une pointe d'inquiétude.

— Oui, oui, c'est ça. Eh bien, figurez-vous que j'ai pensé qu'on pourrait les aménager pour en faire des chambres d'hôtes.

Nous avons quelque difficulté à témoigner notre enthousiasme. Papa insiste, cherchant à nous convaincre.

— On entend toujours dire qu'il n'y a rien pour accueillir les touristes chez nous.

Je m'étrangle.

— Les touristes ? Quels touristes, papa ? S'ils arrivent chez nous, c'est qu'ils se sont perdus !

Nous éclatons de rire, toi et moi. À la vue du visage contrarié de papa, tu te ressaisis aussitôt.

— Mais si, mais si, c'est une bonne idée, mon chéri ! lui dis-tu pour le rassurer en lui caressant la main.

À ce moment-là, Garance entre dans la salle. Instantanément, je lève mon verre et, lorsqu'elle passe à portée de voix, je déclame *fortissimo* :

— *Questo palazzo è il più bello che ho mai visto ! Salute !*

Vous en lâchez presque votre verre.

J'insiste.

— *Siete d'accordo, no ?*

Papa te lance alors un regard ébahi comme si la foudre l'avait touché.

— Mais qu'est-ce qu'il a ? C'est la première fois que je l'entends parler italien !

Sur la plage de sable clair, les vagues viennent caresser tes pieds nus et le vent fait valser ta robe parme. Papa, le pantalon retroussé, est aux prises avec son cerf-volant qui virevolte, indomptable dans l'azur. De très loin, surgissant d'on ne sait où, un petit chien traverse la plage dans des aboiements suraigus et accourt vers nous. La petite boule de poils roux s'agite autour de toi dans une bacchanale comique, fasciné par ta beauté, envoûté par ta robe et ta chevelure qui dansent au vent. Lorsqu'il aperçoit papa, le roquet fonce bille en tête sur lui, attaquant ses mollets de ses petits crocs pointus. Malgré nos menaces et nos ultimatums, impossible de lui faire lâcher sa proie. Papa, terrassé par ce cabot, trébuche et doit se résoudre à laisser échapper son cerf-volant. Ton rire clair se mêle aux ricanements moqueurs des mouettes alors que papa, les quatre fers en l'air, fulmine de voir son cerf-volant filer libre avant de s'échouer lamentablement dans la mer après un splendide piqué.

Ivre de rire, je cours vers toi. Je plonge dans tes bras et nous tournons, tournons et tournons encore…

Le portier a déposé nos affaires dans le coffre et vous m'attendez dans la voiture. Garance ne se trouve ni au piano, ni dans les salles de réception, ni sur la terrasse. Parti à sa recherche, je m'avance le long des couloirs, scrutant avec une nervosité croissante les chambres aux portes entrouvertes. Arrivé au dernier étage, épuisé, j'appelle l'ascenseur.

La porte s'ouvre et j'entre en collision avec Garance.

— Voilà, je retourne chez moi, lui dis-je, le souffle court.

— À Venise…, murmure-t-elle, déçue.

L'ascenseur nous aspire dans sa chute. Nous restons un instant hébétés, l'un contre l'autre. Nos visages s'effleurent et son souffle frais caresse ma joue. Bien sûr, j'aurais voulu la serrer contre moi de toutes mes forces, mais nous ne sommes pas seuls dans l'ascenseur. Il y a aussi une femme en blouse blanche à fines rayures bleu ciel. Dans ses bras, elle porte des serviettes de bain et des savons…

Je comprends alors que c'est sa mère. Quel choc ! Je sens les yeux implorants de Garance qui cherchent à fixer mon regard, mais je reste inerte, le regard rivé au sol, mutique.

La porte de l'ascenseur s'ouvre au rez-de-chaussée. C'est la délivrance : sans me retourner, sans un mot, je pars en courant jusqu'à la voiture.

Le trajet de retour se déroule dans un silence recueilli.

Papa, un œil sur la route, passe certainement en revue les infrastructures de l'hôtel en pensant à ses chambres d'hôtes.

Quant à moi, la tête contre la vitre, bercé par le ronronnement du moteur, le regard perdu dans les nuages, je m'enivre des scintillements de ce week-end. Je me repasse notre séjour scène après scène.

Toutefois, je m'arroge le droit de procéder à quelques retouches sur le scénario : Garance est toujours la fille du propriétaire ; dans la scène de notre descente en ascenseur, nous nous retrouvons seuls, dans un face à face troublant, et, sublime happy end, nous échangeons un fougueux baiser.

Et toi, maman, à quoi penses-tu, les paupières closes ?

Revis-tu notre week-end, te laissant de nouveau griser par les miroitements de la mer et l'écho de nos rires sur la plage ? Te trouves-tu encore à table face à l'embrasement de l'horizon alors que nous levons les flûtes à notre avenir ?

Ou bien alors te rêves-tu une autre vie, dans d'autres lieux, dans d'autres temps, une vie où tu pourrais être vraiment fière de ton fils, une vie faite uniquement de rires et de fleurs, sans les menaces de la maladie et la monotonie du quotidien, une vie au parfum de rêve, comme ce week-end à Cabourg ?

III

Ta tante Blanche a fait une rechute. Elle a de nouveau besoin de ton soutien. Il nous faut donc t'accompagner à la gare, et il est prévu que papa te rejoindra plus tard, cette fois-ci.

Le train t'emmène et nous te faisons des signes jusqu'à ce que ton sourire craintif disparaisse à l'horizon. Nous remontons le quai en silence, et c'est là que je demande à papa sans oser le regarder :

— C'est grave ce qu'elle a, maman ?

Il s'arrête net, essayant de me dissimuler son trouble :

— Comment ça, maman ? Sa... *tante*, tu veux dire ?

Il en balbutie. C'est à ce moment-là que j'explose.

— Arrête, papa ! Arrête ! Je sais bien qu'il n'y a pas de tante ! Je ne suis plus un gamin. Qu'est-ce qu'elle a, maman ?

— Mais rien... Qu'est-ce que tu vas chercher ?

Pourquoi continue-t-il de me mentir ? Je hurle : « Tu mens » et je m'enfuis à toutes jambes.

— Écoute-moi ! crie papa en me rattrapant.

Je me débats de toutes mes forces, ne voulant rien entendre.

— Non ! Lâche-moi ! Vous vous imaginez que je ne l'ai pas vu, votre cirque ? C'est nul, votre histoire de tante ! Maman va mourir, c'est ça, hein ?

— Mais qu'est-ce que tu racontes, mon garçon ? Écoute…

Papa est livide. Je continue de me débattre et, de guerre lasse, il me lâche ; je sens bien qu'il n'a plus la force de me retenir.

Je m'enfuis, le laissant seul au milieu du quai, sans savoir où je vais. Épuisé, je m'effondre dans l'herbe. Puis je vais me réfugier sur les bords de la Solène. Je pleure, pleure et pleure encore, espérant me vider de ma souffrance. Mais le parfum des fleurs, qui me rappelle ta présence, ne fait que raviver mon chagrin.

Il fait nuit quand je rentre à la maison. De la cuisine, papa m'appelle. Sans un mot, je me rends dans ma chambre, et je me laisse tomber de tout mon poids sur le lit. J'enfouis ma tête sous l'oreiller ; j'aurais aimé m'y étouffer.

Papa entre en silence. Je ne bouge pas. Il s'assoit à côté de moi sur le lit en posant la main sur mon dos.

— Ne t'inquiète pas. Pour maman, tout va bien se passer.

Je reste la tête sous l'oreiller. Puis je lui demande sans le regarder :

— C'est grave, ce qu'elle a ?

— Non.

Que peut-il me dire d'autre ? Je me tourne vers lui, le visage en larmes.

— Alors pourquoi vous ne m'avez rien dit ?

Papa hésite un moment.

— Justement, pour que tu ne t'inquiètes pas pour rien. Elle est chez le meilleur spécialiste à Paris. Ça va bien se passer. Elle est forte, tu sais... Nous aussi, il faut qu'on soit forts, pour elle. Il faut qu'elle garde sa joie de vivre, son moral, ses fous rires, tu comprends ?

Sur ces derniers mots, sa voix se met à vaciller. Il se ressaisit aussitôt :

— Tu connais le sale caractère de ta mère ! Elle ne va pas se laisser faire, tu sais !

Il rit, mais son regard se voile. Il se lève brusquement pour ne pas se laisser aller à pleurer devant moi.

— Allez, fiston ! Viens manger, ça va être froid.

Ce soir-là, avec papa, nous concluons un pacte. Tout cela restera entre hommes : tu ne dois pas savoir que je sais.

Mais, au-delà, notre pacte nous engage à trouver quelque chose pour ton retour, quelque chose qui te fasse plaisir, quelque chose qui te surprenne.

Quant à la forme que doit prendre ce « quelque chose », nous n'en avons pas le commencement du début de la lueur d'une idée. Juste un instinct : ce « quelque chose » doit nous surprendre, nous aussi ; ça ne peut pas être un cadeau, si luxueux soit-il ; ni un voyage, si lointain et exotique soit-il...

Alors quoi ?

Dès lors, nos journées entières sont accaparées par cette recherche : matin, midi et soir, pendant les cours, sur les chemins... Dès mon retour du collège, je délaisse mes devoirs et m'installe près de papa derrière le comptoir pour cogiter... Nos soirées aussi s'étirent en *brain stormings* épuisants, où chacun à son tour nous nous mettons à ta place pour deviner ta réaction.

Le jour meurt et, lessivés, mais surtout accablés de n'avoir rien trouvé durant la journée – en tout cas, rien qui soit à ta hauteur –, nous allons nous coucher sans parvenir à trouver le sommeil, espérant confusément que la nuit nous portera conseil.

Ce qu'elle fait. Car il faut parfois croire aux proverbes : au plus profond d'une nuit, la lumière jaillit enfin.

Il est 4 heures du matin. Je fais irruption dans votre chambre. J'allume la lampe de chevet. Papa sursaute, les cheveux ébouriffés, hagard.

— Qu'est-ce qui se passe ? Quelle heure est-il ? hurle-t-il en se frottant les yeux.

— Euréka ! J'ai trouvé pour maman !

— Ah bon ? bâille-t-il.

— Oui : Pierre Arditi.

— Quoi, Pierre Arditi ?

— Ben oui, l'acteur.

— Oui, je sais… Et alors ?

— Alors, si on lui disait de venir ?

— Venir où ?

Tu le sais bien, papa n'a jamais été très percutant au réveil. Je lui prépare un café et j'attends patiemment les premières gorgées avant de lui faire part de mon idée.

J'ai lu dans *La Voix du Nord* que Pierre Arditi, ton acteur préféré, est en tournage dans la région de Lille. Alors l'idée me vient que l'on pourrait le faire venir au bar pour une lecture. Papa s'emballe immédiatement. Au beau milieu de la nuit, il faut le voir sauter de joie dans la cuisine !

Un court instant, pourtant, l'ombre d'un doute passe dans son regard.

— Tu crois qu'il acceptera ? Tu sais, ces gens-là…

Je balaie ses craintes d'un haussement d'épaules. Et il reprend de plus belle sa danse de Saint-Guy dans la cuisine. Il a tellement envie d'y croire !

Trop excité, il ne veut pas retourner se coucher. Il me tient compagnie alors que j'écris une invitation à l'intention de l'acteur.

Le lendemain, munis de notre lettre, on pousse la porte-tambour de l'hôtel Carlton de Lille. L'air dégagé, on se dirige vers la réception.

— J'ai une lettre à remettre à M. Arditi, dis-je le plus naturellement possible au réceptionniste. Pourriez-vous m'indiquer le numéro de sa chambre, s'il vous plaît ?

L'homme aux clefs d'or nous gratifie d'un sourire mielleux.

— Si vous voulez bien me la donner, je la lui transmettrai, répond-il tout en cherchant à se saisir de la lettre.

Au moins, nous savons maintenant que l'acteur est bien descendu dans cet hôtel, mais il est hors de question de laisser la lettre au réceptionniste. Qui sait si, une fois le dos tourné, il ne la mettra pas à la corbeille ?

— C'est bien aimable à vous, mais je dois *absolument* la lui remettre en personne. Donnez-moi juste le numéro de sa chambre.

— Je ne suis pas habilité à le faire, jeune homme. Ne vous inquiétez pas, je la lui remettrai sans faute dès qu'il rentrera.

— Il est sorti ? Alors on va l'attendre.

Décidés à tenir le siège, nous nous installons dans le canapé du hall de l'hôtel. Les heures passent et toujours pas d'acteur en vue. La somnolence nous gagne. Le portier excédé vient vers nous.

— Messieurs, ça suffit ! Vous ne pouvez plus rester ici. Ce n'est pas une salle d'attente. C'est réservé aux clients de l'hôtel.

— On va partir, ne vous inquiétez pas, lui dis-je, on n'en a plus pour longtemps.

Le portier se raidit.

— Écoutez, messieurs, ne m'obligez pas à avertir…

Papa explose, il se lève brusquement et se poste devant l'homme, menton en avant.

— Avertir qui ? La police ? Pourquoi ? On est des bandits peut-être ?

Les gens présents dans le hall se tournent tous vers papa. D'autres membres du personnel de l'hôtel arrivent en renfort. Papa, écœuré, les toise avec mépris. Puis, hochant la tête de dépit, il me dit :

— Allez, viens, on part, ça pue ici…

À contrecœur, je lui emboîte le pas, traînant encore quelques instants sur le trottoir dans l'espoir de voir l'acteur arriver enfin.

— Allez, viens, insiste papa, il est tard maintenant, tu as école demain. Donne-lui la lettre, va.

— Non !

Je reste planté là, refusant de partir. Mais il est tard, en effet, et je dois me résoudre à suivre papa.

Je m'exécute à reculons, ne réussissant pas à lâcher l'entrée de l'hôtel du regard.

Soudain un taxi arrive et dépose l'acteur sur le trottoir en compagnie d'autres personnes. La porte-tambour les avale. Je cours vers l'hôtel et me glisse dans l'entrée ; mais de l'autre côté le portier m'attend, bien décidé à faire barrage. Il me repousse vers l'extérieur. Pris au piège dans la cage de verre, je hurle.

— Monsieur Arditi ! S'il vous plaît !

Mon cri de détresse résonne dans le hall. L'acteur se retourne, il s'approche, demandant au portier de me libérer. Dans un mouvement désespéré, je lui tends la lettre.

— Tenez. C'est pour vous, dis-je en fondant en larmes.

L'acteur, un peu surpris, saisit l'enveloppe.

— Il ne faut pas te mettre dans des états pareils, mon garçon.

Pierre Arditi toise le portier, qui prend le large. Il promet de lire ma lettre.

Je rejoins papa qui a observé la scène de l'extérieur. Je lui saute dans les bras.

— Tout va bien, fiston…

Il me pince la joue et emprunte cet accent rocailleux qu'il aimait prendre parfois, certain de me faire sourire :

— Bravo, moussaillon, tu as rempli ta mission ! Le capitaine est fier de toi.

Alors le capitaine passe son bras autour du cou

de son moussaillon et ils s'en vont joyeusement rejoindre leur véhicule.

Plusieurs fois par jour, j'inspecte la boîte aux lettres, puis, passant devant le comptoir, je lance un regard interrogatif à papa.

Il me répond toujours avec un sourire un peu forcé.

— C'est quelqu'un de très pris, tu sais…

Papa y croit-il encore ? Je ne sais pas.

D'ailleurs, n'est-ce pas normal ? Pourquoi un acteur se donnerait-il la peine de nous répondre, de s'intéresser à nous ? Mais si papa doute, en tout cas, il me le cache parfaitement.

— Il va répondre demain, tu vas voir, j'en suis sûr !

La clochette émet son tintement et tu m'apparais sur le seuil, frêle silhouette à contre-jour.

C'est une lame acérée qui me transperce la poitrine. Je lutte pour ne rien laisser paraître, durant quelques longues secondes.

— On ne vient pas embrasser sa maman ? me lances-tu, fébrile, en m'ouvrant tes bras.

Je cours te sauter au cou. Tu me serres fort, très fort ; tu ne veux pas que je sente que tu trembles.

Puis tu me demandes avec un sourire pâle :

— Alors ? Comment trouves-tu ma nouvelle coiffure ? Ça me fait un autre *look*, non ?

Je hoche la tête en signe d'approbation.

— Tu es belle !

Oui, maman, tu es toujours aussi belle.

En dépit du mal que je me donne, je suis de nouveau la risée de la classe. Mlle Jeannin a mis au jour un nouveau gisement de défauts dans mes copies de français. Elle décide, cette fois encore, d'en faire profiter tout le monde, exultant comme à son habitude.

— Ah ! j'ai gardé le meilleur pour la fin ! s'exclame-t-elle, aux anges, en se tournant vers moi. Notre petit prodige… Avant, c'était la séche-resse : des phrases arides, un vocabulaire pauvre, un imaginaire tari. La disette ! Maintenant, c'est Byzance ! Mais gare à l'inondation. Notre cher ami a décidé d'ouvrir les robinets, de faire déborder sa copie de phrases interminables, de nous noyer sous les « qui », les « que », les « dont », les « où » en cascade. Lorsque, par bonheur, l'on parvient à bout d'une phrase, non seulement on frise l'asphyxie, mais on ne sait même plus ce que cette phrase nous racontait au début.

Mlle Jeannin me jette ma copie.

— Ah, j'oubliais ! Notre virtuose s'essaie à l'imparfait du subjonctif ! Louable intention, mais

encore eût-il fallu qu'il *sût* – et non qu'il *sachât* ! –
le conjuguer correctement. Notre petit génie se
prendrait-il pour Marcel Proust par hasard ? La
route est longue ! Huit sur vingt.

— Huit ! C'est proprement scandaleux !

Tu lis et relis ma copie, bondissant et fulminant
à chaque coup de griffe en marge. Tu prends papa
à partie dans une explosion de rage.

— « N'est pas Proust qui veut ! Huit. » Voilà
tout ce qu'elle trouve à dire ! Elle n'arrête pas de
pinailler, celle-là !

– Huit ? C'est pas si mal, remarque papa.

– Mais non, c'est huit sur vingt ! Pas sur dix !
Tu te rends compte ? C'est vraiment trop injuste !
Elle ne sait même pas voir ce qu'il y a de bien ! Il
y a pourtant plein de belles idées.

Tu ne décolères pas.

— Pour moi, c'est plutôt un compliment qu'il
s'inspire de Proust. Lui-même a bien dû en imiter
d'autres avant de devenir un grand écrivain ?

Soudain, une étincelle allume ton regard et tu
frappes dans tes mains : tu viens d'avoir une révé-
lation.

— Ça y est ! Je sais ce qu'elle a contre mon fils,
cette foutue prof !

Tu réussis à piquer la curiosité de papa.

— Ah ?

— Évidemment, ça ne peut être que ça : elle est jalouse, jalouse du talent de notre enfant !

Papa n'est peut-être pas aussi convaincu que toi, mais il te laisse le bénéfice du doute.

— Tu as raison, ça doit sûrement être ça, concède-t-il avec un petit sourire attendri.

— C'est évident !

Et tu relis ma copie depuis le début.

Ce soir-là, lorsque tu viens me voir dans ma chambre, il est tard. Alors que je glisse lentement dans le sommeil, tu chuchotes tendrement à mon oreille :

— Bonne nuit, mon *petit grand écrivain* !

En milieu d'après-midi, le téléphone sonne au bar et tu décroches.

— Allô ! Oui… Et qui le demande ? Qui ça ? Pierre Arditi ? Comme l'acteur ?

Tu secoues la tête et pars dans un rire chanté.

— C'est ça ! Et moi je suis Fanny Ardant ! Félicitations, c'est bien imité ! Mais, je suis désolée, mon fils n'est pas là…

Tu allais raccrocher, quand papa, s'élançant par-dessus le comptoir, réussit à t'arracher *in extremis* le combiné des mains.

— Allô ! Monsieur Arditi ? Vous êtes toujours en ligne ? Ne quittez pas. Je suis son père… Oui, il est là, on va le chercher.

Papa pose sa main sur le combiné. Il appelle Lulu qui joue au flipper et lui ordonne sans ménagement de courir me chercher.

— Il est où ?

— Ben, au collège, imbécile ! Tu leur dis que c'est urgent, qu'il vienne tout de suite !

Lulu regarde avec un pincement au cœur sa boule de flipper descendre...

— Grouille-toi ! hurle papa.

Et alors que Lulu se lance à ma recherche, papa reprend le cours de sa conversation téléphonique.

— Monsieur Arditi ? Veuillez nous excuser : mon épouse n'était pas au courant...

Mon esprit vagabonde par la fenêtre quand Lulu fait irruption dans ma classe, avec le visage incandescent du marathonien en fin de course. La classe éclate de rire.

— Viens vite, c'est urgent ! me dit-il dans une quinte de toux frénétique.

Je quitte la salle. Inquiet, je demande à Lulu ce qui se passe, mais il est au bord de l'apoplexie, incapable de me répondre. Soupçonnant qu'il te soit arrivé quelque chose, je pars en flèche jusqu'à la maison sans m'arrêter. Pourtant, lorsque j'arrive au bar, lancé par un somptueux point de côté, tout semble normal. Papa est au téléphone, et toi, à ta place habituelle, tu as un sourire goguenard.

— Ça va, maman ? te dis-je en reprenant mon souffle.

— Moi, oui, ça va bien ! C'est plutôt ton père, me dis-tu pointant ton doigt en direction de papa qui se démène comme un beau diable pour faire patienter l'acteur.

— Ah oui ! Vous étiez vraiment bien à la télévision, l'autre jour. Si, si ! je vous assure… Ah ! Voilà mon fils, je vous le passe.

Papa me tend le combiné avec un clin d'œil.

— C'est pour toi !

L'acteur me fait savoir qu'il doit se rendre à nouveau dans la région de Lille, quinze jours plus tard, pour une tournée au théâtre. Et c'est avec grand plaisir qu'il viendra faire une lecture au bar. Sous le coup de l'émotion, je ne sais même plus si je l'ai remercié. Je n'ai fait que répéter « oui » un nombre inimaginable de fois. À peine ai-je raccroché, que papa me saute dessus.

— Alors, qu'est-ce qu'il a dit ?

— Alors… il est d'accord !

Papa part dans une nouvelle danse de Saint-Guy et, toi, tu nous regardes jubiler, sans rien comprendre. Tu tapes du pied pour bien signifier ton agacement.

— Dites ! Ça vous dérangerait de m'expliquer ? C'est quoi votre micmac depuis tout à l'heure ?

Papa me jette un regard complice.

— On lui dit ?

On te raconte tout. Un temps encore, tu restes incrédule. Puis tu t'assieds.

— Pierre Arditi ici ? Mais ils sont fous !

Jamais s'entendre traiter de fous ne nous a fait autant plaisir.

— Vous êtes fous ! répètes-tu en riant.

Tout à coup, tu t'arrêtes de rire. Tu portes ta main à la bouche, en proie à une panique monstre.

— Mais, Aldo, on ne peut pas le recevoir *ici*, avec le bar dans cet état !

Papa enfin accède à ton désir. Depuis le temps que tu cherches par tous les moyens à obtenir qu'il rafraîchisse la décoration de « Chez nous » !

Le soir après le service, il s'attaque aux peintures, restaure le comptoir dont le Formica a subi de sérieux dommages au fil des tournées générales, repense l'éclairage, faisant définitivement un sort à ces néons que tu détestes tant. Lulu, Gérard et quelques autres habitués viennent lui prêter mainforte. Avec une certaine ironie du sort, cela coïncide avec la période des premiers débrayages chez Métalflex.

Au moment de me coucher, le bruit des travaux me berce.

La nouvelle qu'un acteur va se produire au bar se répand comme une traînée de poudre en ville. Mais le bouche-à-oreille n'est pas chez nous un mode de communication haute fidélité. On entend parler tour à tour de la présence de Michel Piccoli, Fabrice Lucchini, de Pierre Santini ou même de Lino Ventura…

Un jour, à l'heure du déjeuner, un homme portant chemise col Mao et costume noir entre dans le bar. Il tranche nettement sur le reste de l'assistance, les habitués en bleu de travail qui déjeunent sur les nappes en papier. L'homme s'accoude au comptoir, cherche à capter ton regard alors que tu es en train de servir les tables. Lorsque tu passes derrière le bar, il se penche et se présente d'une voix qui se veut suave :

— Bonjour, je suis l'adjoint au maire, en charge de la culture…

S'il s'attend à voir se dérouler le tapis rouge sous ses pieds, il en est pour ses frais.

— Qu'est-ce que je vous sers ? te contentes-tu de lui demander sans même le regarder.

— Oh… un Perrier rondelle, balbutie-t-il.

Lorsque tu passes prendre les plats, il tente un timide :

— Alors, l'*événement* se prépare ?

Chou blanc. Tu te contentes d'un froncement de sourcils à la signification évidente : « Vous ne voyez pas que je suis occupée ! » Et tu le laisses sur place.

Alors que tu continues d'assurer le service, il tente par tous les moyens d'attirer ton attention,

100

profitant de chacun de tes aller-retour en cuisine pour te glisser une bribe de phrase.

— Si vous avez besoin d'aide… N'hésitez pas pour la promotion ou autre chose… M. le maire pense que…

Lassée par ce petit jeu, tu te plantes devant lui :

— Non, merci, ça ira. Ne vous fatiguez pas ! On n'a pas besoin d'aide… Gardez votre énergie pour autre chose !

Douché, l'adjoint en charge de la culture termine son Perrier rondelle, laisse un billet de dix francs sans attendre la monnaie et s'éclipse. Papa vient vers toi.

— Tu n'y es pas allée un peu fort, quand même ?

— Pas du tout ! Ils veulent savoir si on a besoin d'aide ? Quel culot !

Des larmes de rage te montent aux yeux.

— Et pour Patrick, quand il a eu ses problèmes, est-ce qu'ils l'ont offerte leur aide ? C'est lui qui en avait besoin !

Tu t'arrêtes un instant, prenant appui sur le zinc pour faire taire ta colère, puis tu saisis un autre plat et l'apportes en salle.

Depuis le plan social de Métalflex et la mort de Patrick, il ne faut plus te parler de la mairie et de la politique en général. Pour toi, ils ont tous démissionné.

Ce n'est que plus tard que j'apprendrai la vérité sur Patrick. Comme beaucoup, je crois à ce moment-là qu'il est mort d'un accident ; alors que toi tu sais qu'il s'est suicidé après avoir perdu son travail.

À cette période, Martine et Sylvie, tes deux amies, te rendent une visite quotidienne à l'heure du thé, prodiguant leurs avis d'expertes sur l'avancée des travaux. Elles feuillettent de leurs doigts aux longs ongles rutilants des magazines de décoration, s'écriant toutes les trois pages :

— Oh ! C'est ça que tu devrais faire, ma chérie !

Avec le plus grand sérieux, elles se préparent à l'événement. Que vont-elles mettre ce jour-là ?

Ensemble fuchsia avec les bottines rouges ou veste canari et polo vert anis ? Telle est la question pour Martine. Au fil des jours, de nouveaux doutes surgissent. Plutôt le tailleur beige, non, se demande Sylvie, ou ça fait trop apprêté ? Martine a une soudaine frayeur concernant l'horaire : aura-elle le temps de passer chez le coiffeur avant ?

Cela te fait beaucoup rire.

— Oh ! les filles, je vous rappelle que ce n'est pas un défilé de mode ! Il s'agit *juste* d'une lecture.

— Oh ! mais quand même ! gloussent tes amies. Il faut lui faire honneur, au beau Pierre !

Éclat de rire général.

En leur servant le thé, tu retrouves ton sérieux.

— Alors ? leur demandes-tu.

— Alors quoi ? s'étonnent tes amies.

— Vous avez commencé à lire ? cherches-tu à savoir avec un zeste de fébrilité.

C'est que tu t'es mis en tête de faire lire Proust à tes amies. Tu as d'ailleurs su te montrer très convaincante car elles ont fini par se procurer le premier volume.

Martine et Sylvie se toisent mutuellement dans un grand silence embarrassé. Tu ne peux cacher ta déception.

— Ça ne vous plaît pas, c'est ça ?

— Non, pas exactement, se défend Martine, les phrases sont belles… juste un peu longues, peut-être… non ?

Elle titille Sylvie du coude pour qu'elle prenne le relais :

— Oui, oui, y a du style, c'est sûr ! Mais… c'est juste que… on doit tout le temps revenir en arrière pour comprendre où on en est de l'histoire…

— L'histoire ? rebondit Martine. Quelle histoire ? J'en suis à la page 63 et il ne s'est toujours rien passé !

— Ouais, ça manque peut-être un peu d'action. Remarque, il ne fait que dormir au début, il attend sa mère, il faut reconnaître que c'est pas très engageant…

Touchées par le dépit que trahit ta mine, tes deux amies tâchent de se ressaisir.

— Oui, mais attention ! C'est très beau, poétique, et tout et tout !

— Oh oui ! Il a du vocabulaire ! Au fond, je crois que c'est le genre de livre à emporter pour les vacances, pour bien le savourer, quand tu as le temps, beaucoup de temps…

— C'est peut-être pour cela que ça s'appelle la *Recherche du temps perdu*, non ?

Le grand jour est arrivé. Les habitants convergent par petits groupes vers le bar, provenant pour une fois des deux côtés de la nationale. Un mélange inédit qui donne à ce rassemblement des allures de fiançailles où les deux clans, unis pour la circonstance, se jaugent en chiens de faïence. Tout le monde s'installe, laissant une place au centre du café pour que l'acteur puisse évoluer.

D'ailleurs, on n'attend plus que lui qui doit arriver d'un moment à l'autre. Papa te cherche partout. Après un regard inquiet sur l'assistance, il monte à l'étage et te retrouve dans votre chambre. L'ensemble de ta garde-robe gît sur le lit. Tu regardes ton reflet dans le miroir, découragée.

— Je n'ai plus rien à me mettre ! t'énerves-tu. Je flotte complètement dans cette robe maintenant ! Non, mais regarde ! Je ne peux pas mettre ça !

Papa s'approche de toi calmement. Il se saisit au passage d'un long foulard qui traîne sur le lit et le noue autour de ta taille. Puis, avec une délicatesse que tu ne lui connais pas, il fait bouffer ta robe autour de tes hanches avec le doigté autoritaire d'un styliste. Face au miroir, tu revis, visiblement satisfaite.

— Alors, tu vois qu'elle te va bien, cette robe !

Papa s'est posté derrière toi et t'a enlacé la taille. Vous vous contemplez tous les deux, face à la glace, avec le sourire gêné des jeunes amoureux. Papa te glisse à l'oreille :

— Une vraie princesse ! Tiens, je redemande-rais bien ta main. Là, tout de suite…

Puis il laisse sa phrase en suspens, réfléchissant ostensiblement.

— Oh ! puis non, finalement ! se reprend-il. Je ne crois pas que ce serait une bonne idée.

Piquée par sa remarque, tu te raidis lui jetant un regard inquiet.

— C'est que, tu comprends, poursuit-il en sou-riant, je ne suis pas sûr que tu acceptes cette fois-ci. Maintenant que tu me connais, que tu sais quel emmerdeur je suis ! Et puis… et puis… Pierre va arriver. Il pourrait bien vouloir t'emporter avec lui…

Tu lui souris et tu tombes dans ses bras. Une ombre passe dans tes yeux.

— Pourquoi, Aldo ? Pourquoi nous ? On a tout pour être heureux, non ?

— Mais on *est* heureux, ma chérie !

Tu acquiesces d'un mouvement de tête et papa continue, les sanglots à fleur de voix.

— On est plus forts que ça, tu sais ! Bientôt ce ne sera qu'un mauvais souvenir… Allez, viens ! On ne va pas faire attendre Pierre, quand même !

Lorsque l'acteur fait son entrée, le silence s'installe. Il s'avance au milieu du café, embrasse l'assistance d'un regard complice et, sans l'aide d'aucune note, se lance.

C'est un joyeux festin de mots où sont convoqués tour à tour Ulysse, Gargantua, Harpagon, don Quichotte, Hamlet, Cyrano de Bergerac... L'acteur virevolte, passant d'un personnage à l'autre avec une virtuosité hallucinante. Le public reste bouche bée à chaque prestation, n'applaudissant que lors des transitions, comme on le fait pour un voltigeur qui retombe dignement sur ses pieds.

Après avoir interprété une bonne douzaine de personnages, l'acteur se fige au centre du café, recueillant les applaudissements.

On croit alors que c'est terminé. Mais on n'a assisté qu'au hors-d'œuvre.

L'acteur laisse patiemment refluer les applaudissements, permettant au silence de s'installer, et il te fixe longuement dans l'assistance.

Sotto voce, il reprend alors la parole.

— « Longtemps je me suis couché de bonne heure... »

Ici, l'acteur se fait funambule. Délicat et aérien, il évolue élégamment sur le long fil des phrases proustiennes. Celles-ci se déploient dans l'espace, donnant vie à un monde vibrant et lumineux.

Le bar devient un kaléidoscope enchanté, une boîte à images fantastique et l'on peut entendre le rire haut perché et grinçant de la Verdurin, voir les clochers de Martinville émerger de la lumière poudreuse de Combray, assister à la résurrection du passé dans une tasse de thé, rire et trembler devant la silhouette menaçante de Charlus, s'éblouir de l'apparition d'Albertine et des jeunes filles en fleurs face à la mer à Balbec, partager l'attente angoissée du baiser maternel du soir, ressentir cette sérénité ultime qui habite Bergotte face à un petit pan de mur jaune…

Cela ne dure que deux heures, deux petites heures… Mais c'est un nouveau monde qui jaillit devant les yeux des participants. À voir le regard ébloui de l'assistance, pas de doute, tous les participants ont accosté une nouvelle contrée pleine de promesses. Quel bonheur de partager un secret ! Maintenant, ils savent comme nous que ce livre est un grimoire empli d'heureux sortilèges.

L'acteur se prête avec bonhomie à une séance d'autographes où il fait rire les participants.

Vient le tour de tes amies, Martine et Sylvie, de demander leur signature. Elles s'approchent de Pierre Arditi, se tenant par la main, dans un papillonnement énamouré de cils.

— Quelle musicalité ! Vous l'avez si bien rendue ! Ces phrases sont si subtiles…, souffle sensuellement Martine.

— Subtiles ET profondes ! renchérit Sylvie. On ne s'en lasse pas !

— En tout cas, nous, on adore Proust ! se pâment-elles en chœur.

Papa raccompagne l'acteur jusqu'à sa voiture. Paralysé par l'émotion, il ne réussit pas à le remercier comme il l'aurait souhaité.

— Merci, vraiment merci, répète-t-il sur tous les tons.

Papa a aussi autre chose sur le cœur. Au moment où l'acteur pénètre dans sa voiture, il s'éclaircit la voix, puis, passant outre sa gêne, lui formule la question qui le brûle :

— Dites, monsieur Arditi, est-ce que c'est vrai ce que l'on raconte sur vous ?

— Et qu'est-ce qu'on raconte ?

Papa a encore un moment d'hésitation.

— Eh bien… que vous aimez le foot ?

L'acteur sourit, portant la main à son cœur dans un geste de soulagement.

— Ouf, si ce n'est que ça ! Oui, c'est vrai. Je joue dans un club. Oh, juste en division d'honneur, quand j'en ai le temps…

Papa lui jette un regard paranoïaque.

— Vous aussi, vous vous moquez de moi, c'est ça ?

— Mais, pas du tout. Et pourquoi ça ?

Papa tergiverse.

— Ben… Je ne sais pas… C'est bizarre, c'est tout.

La voiture s'engage sur la nationale. Stupéfait, papa reste un peu sonné sur le bord de la route, continuant de faire des signes bien que le véhicule ait disparu depuis longtemps, avalé par le virage. Comme à ces savants qui découvrirent que deux droites pouvaient *à la fois* être parallèles et se croiser dans l'infiniment petit, l'impensable vient de lui être révélé : oui, on pouvait aimer *à la fois* Proust et le football !

IV

Il faut remonter à Mme Beauchamp et à sa fameuse participation aux « Chiffres et des lettres », une bonne dizaine d'années auparavant, pour trouver pareil événement à Montigny.

Soudaine et dévastatrice, une *proustmania* s'abat sur notre commune, suite au passage de l'acteur. Tel un ouragan impitoyable échauffant tous les esprits il provoque de nombreux dégâts : l'horlogerie est rebaptisée *Le Temps retrouvé,* la bonneterie change sa devanture et devient *Oriane de Guermantes*, le magasin de mode masculine se métamorphose en *Dandy Swann*… Jusqu'au poissonnier qui, agacé, dans un furieux pied de nez, inscrit sur son ardoise : « *À la recherche du thon perdu – 17 francs le kilo* ».

C'était prévisible : le prix des madeleines à la boulangerie de Mme Chapus flambe, atteignant jusqu'à 200 pour cent d'inflation !

Aux clientes qui s'indignent de cette augmentation subite, Mme Chapus, ferme, oppose un argument de poids :

— C'est que « cette délicieuse pâtisserie porte en elle l'immense édifice du souvenir ». Dame, ce n'est pas rien, ça !

Sur sa lancée, elle propose même à son aimable clientèle une nouvelle variété de thé : le « Mélange de tante Léonie ».

— Il est en promotion avec les madeleines, profitez-en, tant qu'il y en a encore !

Je vis cela comme un dérèglement climatique, la perte soudaine de mes repères. Lorsque je rentre du collège, je pousse la porte du bar ; la petite cloche tinte, mais je ne suis jamais sûr de te trouver à ta place au bout du comptoir. Souvent tu t'absentes pour monter te reposer à la maison.

Quand tu n'es pas là, il arrive qu'un client demande à papa où tu es. Papa ignore purement et simplement la question. Et si un client pousse plus loin son investigation, s'enquérant de ta santé, papa se tourne immanquablement vers lui, réjoui, guilleret même.

— Qui ça ? Paola ? Mais très bien. Pourquoi ?

Sans transition, il engage un tout autre sujet de discussion.

— Au fait, tu as vu ce qu'ils ont fait dimanche au stade ? Une vraie pilée qu'ils leur ont mise !

Et il part dans un éclat de rire, se gaussant des exploits lilliputiens de notre club de foot. Ou alors il se met à commenter, façon Clochemerle, les faits et gestes de la municipalité. Il m'arrive aussi de me joindre à eux dans leur joyeux jeu de massacre.

Ainsi, l'illusion est parfaite : on peut croire à bon droit que tout va bien. C'est notre stratagème à papa et à moi, notre botte secrète. On est persuadés qu'en refusant de nommer le mal, il finira par se lasser. En l'ignorant superbement, on est sûrs qu'il abandonnera la partie.

Dans ce combat psychologique de tous les instants, il ne faut pas lâcher la garde, pas même une minute, on sait qu'il faut se montrer intraitable. Pour être capable de conjurer le sort, il nous faut absolument rendre plus beau, plus intense, chaque instant de notre vie à tous les trois. Seul moyen de ne pas céder un pouce de terrain à l'ennemi !

Nous avons notre plan de bataille : ne pas laisser le quotidien devenir quotidien. C'est comme ça que papa a l'idée du spectacle.

— Nous venons voir M. le maire.

— Vous avez rendez-vous ? demande la standardiste.

— Non.

— Alors, je suis désolée, ça ne va pas être possible. M. le maire reçoit tous les mercredis et vendredis matin… Et uniquement sur rendez-vous. On peut fixer un rendez-vous pour dans trois semaines…

La jeune femme nous tend un formulaire.

Papa reste imperturbable, n'ayant nullement l'intention de s'inscrire sur la liste.

Il fixe la standardiste dans le blanc des yeux, se penche vers elle et lui déclare avec un calme impressionnant :

— Mademoiselle, dites à M. le maire que c'est de la part de Marcel Proust.

Le regard de la jeune femme oscille entre lard et cochon. Elle est terriblement mal à l'aise, ne sait que faire. Serait-on en train de lui faire une blague ?

Pourtant, face à la détermination olympienne de papa, elle s'exécute. Elle parle à voix basse au téléphone. Mais oui, dit-elle, elle sait que c'est un écrivain, mais c'est ce qu'on lui a demandé de dire. Elle raccroche, puis se tourne vers nous, ayant retrouvé le sourire.

— Si vous voulez bien patienter quelques minutes, M. le maire va vous recevoir immédiatement.

Papa me lance un clin d'œil. Son sésame a fonctionné.

Nous nous retrouvons face à François Mitterrand (la photo officielle), Marianne (le buste) et le maire.

Ce dernier est tout excité.

— Ah ! Ce Pierre Arditi, quel acteur ! Quelle belle initiative vous avez eue ! Et puis quelle couverture médiatique ! Un bel événement pour la ville…

Le maire jette un œil à sa montre et se frotte les mains.

— Messieurs, on m'attend en préfecture, que puis-je faire pour vous ?

— Justement, attaque papa, il y aurait peut-être un moyen de rebondir sur l'événement…

Un éclair de curiosité allume l'œil de l'édile.

— Ah ?

— Oui. On a pensé que la ville pourrait organiser un spectacle autour de Proust en mettant en scène les personnages de la *Recherche du temps*…

L'élu brise l'élan de papa en faisant une moue.

— Je vous arrête tout de suite.

Et, sur un ton paterne, il commence à débiter la litanie qu'il doit servir trois fois par jour pour calmer les ardeurs des différents quémandeurs de subventions. Le maire grimace comme s'il souffrait de la goutte :

— Nous n'avons malheureusement pas assez de subsides pour financer toutes les idées, si bonnes soient-elles, comme c'est le cas pour la vôtre… Les subventions ne sont pas illimitées… Croyez bien que…

Papa décide d'abréger le chant plaintif de l'élu.

— Mais qui vous parle d'argent, monsieur le maire ?

Le maire est décontenancé.

— Je ne vous suis pas…

Comme convenu avec papa, je prends le relais, expliquant au maire que nous avons envisagé de nous débrouiller avec l'aide des habitants qui interpréteront les différents rôles et donneront un coup de main pour les décors…

— Pour finir, l'écriture du spectacle sera assurée par mon fils, enchaîne papa. Il faut voir cela comme un acte citoyen.

L'édile se gratte abondamment le menton, le regard flou vers l'horizon, gestuelle qui peut être interprétée comme le signe d'un intérêt naissant.

— Un acte citoyen, répète-t-il visiblement intrigué par la formule.

Mais soudain, l'élu nous fixe avec un air de méfiance.

— Très bien. Mais si vous n'êtes pas venus pour des subventions, qu'attendez-vous de moi, alors ?

Lorsque tu décachettes l'enveloppe et découvres la lettre officielle frappée aux armes de la mairie, cela sort comme un cri du cœur :

— Qu'est-ce qu'ils nous veulent encore ces abrutis ?

Alors que tu la parcours, papa et moi suivons attentivement tes réactions du coin de l'œil, faisant semblant d'être occupés.

Tu as pâli, restant un bon moment bouche bée. Tu es si troublée que tu as failli manquer la chaise en cherchant à t'asseoir.

— C'est pas croyable ! Le maire te demande d'écrire un spectacle pour la ville !

Nous nous approchons, jouant les parfaits étonnés.

Secouée de spasmes, tu as enfoui ton visage entre tes mains. Tu pleures, pensons-nous. Aussitôt, nous voilà à regretter notre acte, deux imbéciles incapables d'avoir su prévoir l'impact d'une telle nouvelle sur toi. Mais, soudain, tu retires tes mains, et on découvre que, malgré ton visage baigné de larmes, tu ris.

— C'est formidable !

Tu pleures dans des hoquets de rire.

— Tu te rends compte ? t'exclames-tu en brandissant la lettre.

Pour papa et moi, c'est le soulagement. Il en profite pour renchérir aussitôt.

— Eh oui, le premier contrat de ton fils !

L'élu avait exaucé notre vœu au-delà de nos espérances : la tournure de la lettre laissait clairement entendre que *c'était lui* qui avait eu l'idée de ce spectacle et qu'il me chargeait d'en assurer la conception.

Papa enfonce le clou en me lançant un clin d'œil dans ton dos.

— Dieu sait que je ne suis pas le dernier à critiquer ce maire qui ne vaut pas tripette, mais il faut bien avouer que là, oui là, il a eu une putain de bonne idée !

Chaque jour je me hâte de rentrer du collège, je monte te retrouver à la maison et, côte à côte, face à la machine, nous nous mettons à écrire notre spectacle. Quel plaisir de plonger ensemble au cœur du texte ! On est comme deux naufragés échoués sur une île aux mille trésors.

Nos séances d'écriture si captivantes nous rendent insensibles au temps qui s'écoule autour de nous. On en oublie les repas ; papa, discret comme une ombre, nous apporte notre collation sur un plateau et s'éclipse aussitôt.

Durant cette phase d'écriture, il nous arrive d'évoquer au passage quelques noms de personnes susceptibles d'endosser les différents rôles.

Ce soir-là, nous attaquons la scène où Swann part à la recherche d'Odette. Perdu dans Paris au crépuscule, bousculé par les passants qui rentrent chez eux sur les boulevards, il se sent comme Orphée, jeté aux Enfers en quête de son Eurydice. Je retrouve dans ce passage quelque chose de cette oppression, de ce sentiment d'abandon et d'aveuglement qui m'avaient saisi lorsque j'étais parti à la recherche de Garance dans les couloirs du Grand Hôtel. Pour la mise en scène, je te suggère alors que l'on mette un bandeau noir sur les yeux de Swann qui, rendu aveugle, se heurterait aux autres personnages, avant de se retrouver face à Odette qui lui rendrait la vue en lui ôtant son bandeau.

— Très bonne idée, mon chéri !

Enthousiaste, tu rédiges la scène, malmenant les touches du clavier. Puis tu interromps ta frappe, le regard dans le vague.

— Tu sais qui je verrais pour interpréter Odette ? Une fille qui serait parfaite ?

— Je la connais ?

— Oui, mon chéri… Il nous arrive de la croiser sur les bords de la Solène…

Je sens venir le danger.

— Sa fille est au collège avec toi…

Plus de doute possible.

— Non, je ne vois pas…

— Sandra. Sandra Maréchal.

C'est un supplice de feindre l'enthousiasme.

— Je suis sûre qu'elle sera d'accord, si elle n'est pas en tournée à ce moment-là évidemment. Je la vois tout à fait dans le rôle. Tu iras lui demander demain, mon chéri ?

Quelle catastrophe !

Me rendre chez Sandra et Églantine, j'en ai rêvé des milliers de fois, mais jamais pour venir quémander la participation à un spectacle !

Depuis que je lui ai fait faux bond pour sa fête, je n'ai pas pris la peine de m'excuser auprès d'Églantine. Aussi, depuis ce temps-là, je l'évite soigneusement. En somme, on est à nouveau de parfaits étrangers et ton idée ne peut plus mal tomber.

Mais comment te refuser cela ? Je sais que l'affaire te tient à cœur : Sandra est sublime et sa participation au spectacle nous permettrait de convaincre toute la ville. Ce dilemme me met au supplice durant la nuit. Je peux juste espérer que tu oublieras.

Mais dès le lendemain, tu me relances…

Je me fais violence et je demande à Mouche de m'accompagner car j'ai besoin de soutien. Je me rends à la villa d'Églantine comme on se rend à l'échafaud. J'entends les vocalises de Sandra, et mes jambes m'abandonnent. Quelle torture ! Mouche en revanche est tout émoustillé. À peine arrivé au portail, il s'empresse d'actionner la clochette.

Non, décidément, je ne peux pas ! Je m'enfuis.

Mouche, ébahi, me court après.

— Oh ! Qu'est-ce que tu fous ?

— Oublie, on s'en va.

— Mais c'est nul ! J'ai sonné !

— Écoute, c'est pas une bonne idée.

— Ah bon ? Mais qu'est-ce qu'on va dire à ta mère ?

C'est bien là le problème.

On s'arrête plus loin au bord de la Solène pour réfléchir.

— Elle est comment, ton Odette du Crécy ? me demande Mouche en faisant des ricochets.

Je rectifie.

— Odette *de* Crécy. C'est quelqu'un de… sophistiqué. C'est elle qui « fait catleya » avec Swann.

L'œil de Mouche s'allume.

— Elle est plutôt *sexe*, alors ?

— On peut dire ça... C'est une cocotte.

Ça le fait rire.

— Ah ! Ah ! Une poule, quoi...

Simultanément, une même lueur traverse nos deux esprits. Dans un grand éclat de rire, on part en courant.

Cette fois-ci, la bougie n'est pas allumée : la voie est donc libre, ce qui nous évitera d'attendre des heures, perchés dans un arbre. Nous nous approchons de la camionnette avec la discrétion de deux chasseurs, et sommes secoués d'un rire nerveux en frappant à la porte de la camionnette.

Lorsque Marianne nous ouvre, elle apparaît plus charnelle encore que dans nos rêves, porte-cigarette entre les doigts, parée d'un déshabillé qui révèle, dans un *sfumato* étourdissant, ses formes généreuses. La gorge sèche, nous restons là, médusés et mutiques. À la vue de nos deux faces de gamin, elle fronce les sourcils.

— C'est pour quoi ? susurre-t-elle de sa voix joliment éraillée.

Un nuage de fumée mentholée s'échappe de ses lèvres et nous enrobe délicieusement.

— Ben... c'est que....

On se révèle incapables d'aligner deux mots audibles. Marianne émet un petit gloussement coquin.

— Les enfants, ne me dites pas que vous êtes venus pour... ?

— Non, non ! dis-je, pressé de lever toute équi-
voque. On a juste… un service à vous demander…

— Un service ? Quel genre de service ? nous
demande-t-elle, intriguée.

Nous lui expliquons. Elle éclate de rire.

— Une pièce de théâtre ? Moi ?

Avec Mouche, on acquiesce en même temps.

— Et elle raconte quoi, cette pièce de théâtre ?

Je prends le temps de lui « vendre » notre
projet. Elle m'écoute avec attention.

Puis son verdict tombe, après quelques secondes
insoutenables :

— Vous vous foutez de ma gueule, c'est ça ?

Nos yeux s'arrondissent.

— Mais pas du tout, madame !

On jure nos grands dieux que ce n'est absolument pas une blague. Mouche se fait très convain-
cant ; on dirait que c'est pour lui une question de
vie ou de mort. Marianne finit par sourire. Elle
accepte le rôle.

— Va pour Odette de Crécy, alors ! Faites-moi
parvenir mon texte, les enfants !

Marianne soupire d'aise.

— J'adore ! J'ai l'air d'une star quand je dis :
« Faites-moi parvenir mon texte ! »

Nous avons déjà parcouru quelques mètres,
quand elle nous rappelle.

— Mais, au fait, éclairez-moi les garçons,
qu'est-ce qui vous a fait penser à moi… pour le
rôle ?

Mouche ne se démonte pas.

— Ben, vous voyez, Mme du Crécy est une femme sophistiquée, élégante, belle quoi ! dit-il, le regard aimanté par la poitrine de Marianne.

Je prends le relais :

— Oui, elle est très fine, sensuelle, pleine de charme…

Sous cette pluie de compliments, Marianne émet un roucoulement en nous lançant une œillade en biseau.

— Alors vous, les enfants, on peut dire que vous savez parler aux femmes ! Continuez comme ça et vous irez loin.

Certes, l'accord de Marianne est une bonne chose. Subsiste, néanmoins, un point à régler et pas le moindre : quelle va être ta réaction à cette initiative ? Plus nous approchons du bar, plus je doute qu'elle te plaise. Non seulement je sais que tu seras déçue pour Sandra Maréchal, mais je crains que l'on se soit complètement fourvoyés avec Marianne.

— Mais qu'est-ce qu'on a fait ? Qu'est-ce qu'on a fait ?

Je n'arrête pas de répéter cette phrase sur le chemin du retour, de plus en plus anxieux.

Je trouve un moyen d'éviter – ou en tout cas de différer – la catastrophe.

— On lui dit rien pour l'instant… On lui raconte juste que Sandra a refusé. OK ?

— Mais si ça se trouve, elle joue bien, plaide Mouche, infatigable défenseur de Marianne.

Il a peut-être raison, mais il n'empêche que je n'ai qu'une envie : retourner en arrière, revenir sur la demande faite à Marianne en prétextant une annulation du spectacle… Je prévois d'aller le lendemain le lui annoncer.

— Mais non, je t'assure, insiste Mouche, ta mère va trouver ça extra !

Juste avant de pousser la porte du bar, je rappelle la consigne à Mouche.

— On dit rien pour Marianne, d'accord ?

Pour éviter de me retrouver face à toi, je me fonds *incognito* dans la masse des clients présents à l'apéritif. En pure perte, car tu nous repères immédiatement, et tu viens à notre rencontre.

— Alors ? nous demandes-tu, impatiente.

Je prends mon air de chien battu, laissant choir mes épaules en signe de défaite, demeurant muet pour éviter d'avoir à proférer un mensonge. La déception se lit sur ton visage.

— Ce n'est pas possible, c'est ça ?

J'approuve d'un hochement de tête.

— Oh, j'aurais dû m'en douter, elle est très occupée, non ?

Tu réfléchis.

— À qui d'autre pourrait-on demander ?

Je t'accompagne dans cet intense effort de réflexion quand, tout à trac, dans mon dos, Mouche bondit :

— C'est fait, madame, on a déjà trouvé ! triomphe-t-il en bombant le torse, trop heureux de te sauver la mise.

Je lui balance mon coude dans les côtes, mais c'est trop tard.

— Ah oui ? Et c'est qui ? t'empresses-tu de nous demander.

— Marianne, dis-je tout en me bouchant mentalement les oreilles.

Tu fronces les sourcils.

— Qui ça ? Marianne ? Mais Marianne comment ?

Je sens venir l'orage.

— Ben... Marianne..., dis-je en bafouillant.

Alors, seulement, tu sembles comprendre.

— Tu veux dire : Marianne ?

Je regarde fixement le sol, attendant que la foudre nous frappe ; mais c'est plutôt un éclair de joie.

— Marianne ! Quelle excellente idée ! Bravo, les enfants !

Tu es vraiment emballée. Je me sens revivre. Mais à peine as-tu le dos tourné que Mouche me rend mon coup de coude assorti d'un regard narquois.

— Tu vois que j'avais raison, mon pote !

À la suite de cet exploit, tu nous donnes carte blanche pour le reste du casting. Munis de notre liste, on sillonne les rues de Montigny en tirant les sonnettes, en bons prosélytes du spectacle, comme des Témoins de Jehovah ou des adventistes. Question distribution des rôles, on fait évidemment avec les moyens du bord : personne du côté de chez nous ne sort du Conservatoire !

Pour le rôle de Swann, on pense à M. Drillon, peut-être parce qu'il porte une moustache fine, un costume et un foulard à peu près en toute saison.

— Mais… mais… je n'ai ja-jamais fait ça, bégaie-t-il lorsque nous lui proposons le rôle.

À ce moment-là, on pense qu'il bute sur les mots sous le coup de l'émotion. On ne se doute pas qu'il est bègue. Nous faisons notre possible pour le rassurer et, finalement, il nous « do-donne son na-naccord ».

Puis on traverse la rue pour nous rendre chez son voisin, M. Fournier ; il nous faut pourvoir au rôle du duc de Guermantes.

— Désolé, les enfants, mais j'ai déjà donné, nous dit M. Fournier, pensant que l'on passe faire la quête.

— Non, non, on ne vient pas pour de l'argent, monsieur Fournier.

Nous lui expliquons l'objet de notre visite. Il est partant, même si c'est sans enthousiasme.

— Qui joue aussi ? demande-t-il.

Nous lui dressons la liste des participants qui ont d'ores et déjà accepté.

— Et puis, tenez, il y a aussi M. Drillon, votre voisin d'en face qui vient juste d'accepter…

À la simple évocation du nom de son voisin, le visage de M. Fournier se ferme subitement.

— Alors, ce sera sans moi ! C'est gentil d'avoir pensé à moi, mais sans façons !

— Mais, monsieur Fournier...

On a tout essayé pour le faire revenir sur sa décision.

— Non et non, insiste-t-il. D'ailleurs, je n'ai pas le temps. Vous trouverez bien quelqu'un d'autre...

Il nous claque sèchement la porte au nez. On reste comme deux ronds de flan.

Mais, miracle, la porte s'ouvre de nouveau. Mme Fournier fait irruption sur le seuil en traînant son mari par le bras.

— Comment ça tu n'as pas le temps ? Mais bien sûr que oui ! Il va jouer le rôle, vous pouvez compter sur lui. Notez-le, les enfants ! Il est d'accord.

M. Fournier grommelle quelques mots pour sa défense, mais sa femme referme la porte. Mouche et moi restons un moment sur le paillasson, sonnés par ce subit retournement de situation.

Alors que Mouche s'éloigne, j'entends la voix de Mme Fournier qui tonne derrière la porte :

— Ce n'est pas permis d'être insensible à ce point ! s'égosille-t-elle. C'est trop te demander de faire un effort ? Pauvre gosse ! Sa mère est en train de mourir et toi tu fais le bégueule ! Alors, Drillon ou pas, tu vas me faire le plaisir de jouer et avec le sourire... non mais !

C'est comme un coup de poing dans le ventre. Je m'écroule sur le seuil. Mouche revient vers moi.

— Qu'est-ce que t'as ?

— Rien, rien. Laisse-moi !

— Tu t'es fait mal ?

— Mais non. Barre-toi !

Je veux rester seul. Seul avec ma douleur.

Mouche le comprend. Il va m'attendre plus loin, alors que j'éclate en sanglots.

Finalement, on n'essuie que très peu de refus dans notre recherche. Le rôle du narrateur m'échoit et Mouche hérite de celui de Saint-Loup. En quelques jours, la distribution des rôles est quasi bouclée. Mais il reste deux rôles à pourvoir : ceux de Charlus et Jupien. Et, pour tout dire, je ne vois pas vraiment comment procéder.

— C'est quoi, le souci ? s'énerve Mouche, pressé d'en finir avec nos séances de porte-à-porte.

Je lui explique que je nous imagine mal aller sonner chez les gens pour leur proposer de jouer un rôle d'homosexuel. Un temps, on pense cacher la vérité aux candidats, mais on se rend vite compte que leur réaction après coup risquerait de se révéler très brutale. Mouche pense tenir une solution.

— Et si on s'adressait directement à quelqu'un qui est pédé ? M. Leroy par exemple.

130

— Hum… Je ne suis pas sûr que ça fasse plaisir à sa femme de savoir que toute la ville est au courant.

On se trouve dans une drôle d'impasse : soit on vexe quelqu'un en lui collant une étiquette erronée – et pour certains, infamante ; soit on démasque la personne en procédant à ce que l'on appelle aujourd'hui un *outing*.

Finalement, c'est toi qui nous sors du pétrin en trouvant la solution. Tu nous suggères de lancer un appel à candidatures dans le village. L'idéal, selon toi, serait que les gens viennent spontanément et, nous osons l'espérer, en connaissance de cause.

Alors on recouvre rapidement les murs du village d'affichettes sur lesquelles on peut lire la mention suivante :

RECHERCHONS URGEMMENT
POUR LE SPECTACLE
2 COMÉDIENS POUR INTERPRÉTER
LE BARON DE CHARLUS ET JUPIEN.
PRIÈRE DE NOUS CONTACTER
AU BAR « CHEZ NOUS »

— Parfait, Dieu saura reconnaître les siens, nous dis-tu en lisant l'affiche.

Et, en effet, le soir même, c'est ce qui arrive.

Alors que les répétitions ont débuté, deux hommes poussent timidement la porte du bar : l'un, la cinquantaine élégante, est suivi d'un homme plus jeune portant un bleu de travail. Discrètement, ils se dirigent vers toi.

— Bonjour, Paola, murmure le quinquagénaire, nous voulions savoir si vous aviez trouvé quelqu'un pour les rôles de Charlus et Jupien…

— Non, toujours pas…

— Dans ce cas, nous serions ravis de les interpréter, si…

Tu t'empresses de m'appeler, ravie, en m'adressant un clin d'œil complice.

— Mon chéri, c'est formidable, nous sommes au complet maintenant. Pourrais-tu porter un texte à ces messieurs ?

Lorsque tu en parles à papa, il est à deux doigts d'en lâcher son plateau.

— Non ! C'est pas possible ! Guyon, le notaire, avec le jeune mec du garage ! Je ne le crois pas !

— Justement… C'est touchant, tu ne trouves pas ? Quelle belle preuve d'amour, non ? Oser proclamer devant tous les habitants qu'ils sont de la *jaquette portante*, comme tu dis…

Papa s'empresse de te rectifier avec le plus grand sérieux :

— Chérie ! Pas *portante* : *flottante*. La jaquette *flottante*.

Le moindre centimètre carré du bar est réquisitionné pour les besoins du spectacle. Ici, on fait répéter les acteurs ; là, on confectionne les costumes ; sur la terrasse, on monte les décors. « Chez nous » a des allures de ruche.

Papa s'active en cuisine et, soudain, jaillit avec une marmite pleine de spaghettis fumants à l'intention de toute la troupe.

C'est dans cette ambiance joyeuse et laborieuse qu'elle décide pour la première fois de mettre les pieds dans le bar. Elle fend difficilement la foule, forcée de jouer des coudes pour se frayer un chemin jusqu'au comptoir.

Dès que tu l'aperçois, tu t'interromps et lui offres ton plus joli sourire.

— Quelle surprise ! Qu'est-ce qui vous ferait plaisir, mademoiselle Jeannin ?

— Un jus d'orange, merci.

Tu le lui sers sans un mot, peu désireuse d'engager une conversation.

— C'est l'effervescence, constate-t-elle.

— Oui, réponds-tu. C'est que ça approche…

— Au fait, comment s'en sort votre fils ?

— Très bien.

Avec un petit sourire, elle enchaîne hésitante :

— Si… par hasard… il avait besoin d'aide… pour l'écriture…

— Merci, mais tout va très bien.

Mlle Jeannin insiste.

— Je n'en doute pas. Mais je dis ça parce que Proust, vous savez, c'est compliqué… On dit tout et n'importe quoi sur lui… Il faut connaître, ça ne s'improvise pas. Mon mémoire à la faculté portait justement sur cet auteur : « Mémoire et onomastique comme catalyseur du récit dans la *Recherche du temps perdu* ».

Tu la gratifies d'une moue admirative. Un modèle du genre.

— Et donc, vous comprenez, poursuit-elle, je pourrais lui être utile. Pour éviter qu'il commette des erreurs…

— Des erreurs ? lâches-tu, agacée. Mais quelles erreurs ? Et en admettant même qu'il en commette, où serait le drame ? Ce n'est qu'un spectacle, vous savez !

— Oui, mais c'est important…

— En réalité, la seule erreur que l'on voudrait éviter, c'est que les gens s'ennuient. Alors, si l'on commet d'autres erreurs, quelle importance ? Tant pis si l'on froisse les puristes, les *connaisseurs* ; car quoi qu'il arrive, ils penseront toujours que Proust n'a écrit que pour eux, qu'eux seuls peuvent en pénétrer la subtilité, qu'eux seuls le *méritent*. Sans se rendre compte, une seule seconde, qu'ils se révèlent aussi ridicules que les Verdurin, dont ils se gaussent. Alors au diable les erreurs ! Pourvu que l'on partage du plaisir avec d'autres.

— Mais… Ce n'est pas ce que j'ai voulu dire…, balbutie-t-elle. Je voulais juste…

Tu décides d'abréger l'entretien qui n'a que trop duré.

— Mademoiselle Jeannin, je vous prie de m'excuser, mais j'ai beaucoup à faire, on m'attend…

Sur ce, tu la laisses sèchement sur place. Elle te rappelle :

— Je vous dois combien ? Pour le jus d'orange…

— Oh ! Laissez, lui réponds-tu magnanime. C'est pour moi. Ça me fait plaisir…

Et c'est vrai que cela te fait plaisir. Tu frémis de satisfaction vengeresse.

Nous sommes tous fatigués, mais heureux. Les répétitions donnent souvent lieu à de jolis fous rires. Tu te souviens de M. Drillon dans le rôle de Swann ? Rougissant, il bute toujours sur le mot « catleyas » alors qu'il doit disposer les fleurs sur la poitrine de Marianne. Il est trahi par son bégaiement, mais aussi par le trouble que lui procure l'échancrure du corsage de sa partenaire.

— Odette… pour qui sont ces *calétyas… cayétlas…*

Je dois sans cesse le reprendre. C'est un travail à plein temps.

— *Catleyas*, monsieur Drillon. *Ca-tle-yas.*

Parfois, par miracle, il réussit à sauter l'obstacle sans anicroches, mais pour le coup, tout fier de son exploit, il en oublie le reste de son texte. Un jour, malgré son infinie patience, Marianne ne peut s'empêcher d'exploser en riant :

— Heureusement que mes clients sont plus rapides !

Éclat de rire général dans le bar. Tu ris également...

Mais, très vite, ton rire se fane. Tu prends appui sur le mur à la recherche d'une place pour t'asseoir à l'écart. Marianne, qui t'a vue, s'approche discrètement de toi.

— Ça ne va pas ? s'inquiète-t-elle en te prenant la main.

— Ce n'est rien, juste un petit coup de fatigue. Vous savez, les préparatifs du spectacle...

— Paola, je voulais vous remercier, vous et les enfants, de m'avoir choisie pour le rôle. C'est très gentil.

— C'est plutôt à nous de vous remercier. Vous êtes une Odette fantastique !

— Merci. Et puis... Vous savez, enchaîne-t-elle en rosissant comme si elle confessait un péché, je lis *Du côté de chez Swann*, ces temps-ci ! Merci de m'avoir fait découvrir ce livre. J'adore ! C'est...

Elle t'adresse un regard inquiet.

— Paola, je vais peut-être vous laisser vous reposer...

— Non, restez, ça me fait du bien de parler avec vous. C'est vrai, vous aimez ?

Marianne, les yeux brillants, te parle avec ferveur de sa découverte. Sous l'effet de sa voix, les traits de ton visage se détendent et un sourire de satisfaction perle sur tes lèvres.

— Regarde qui passe là-bas, me dit Mouche.

C'est Églantine qui marche en compagnie de sa mère.

Je lui réponds par un simple haussement d'épaules. Afin qu'il cesse de me harceler avec Églantine, je lui ai laissé entendre que je ne suis plus amoureux d'elle, mais de Garance qui est « bien mieux » sous tous les rapports.

— Ah oui ? Elle est comment ?

— Je te l'ai déjà dit !

— Sois sympa, insiste-t-il, allez, raconte !

Pour la énième fois, je m'exécute. Je lui relate une nouvelle fois notre rencontre à Cabourg. Chaque fois, il réussit à obtenir de moi plus de détails – que j'invente, évidemment.

Si bien qu'au fil des narrations, ma rencontre avec Garance, s'enrichissant sans cesse en révélations inédites, prend une tournure homérique : par la grâce conjuguée de l'hyperbole, de la métaphore et de l'ellipse, notre chaste week-end devient terriblement sensuel, ayant pour théâtre la demeure de Garance, à savoir le Grand Hôtel dans son ensemble.

Plus j'en rajoute, plus Mouche en redemande. Et, puissance du verbe, je finis par croire moi-même que tout cela m'est réellement arrivé.

— En attendant, me dit-il, dépêche-toi parce que après les vacances, c'est mort. Elle aura rencontré un mec et ce sera foutu pour ta gueule !

Je fronce les sourcils.

— Quoi ? Qu'est-ce que tu dis ? Quel mec ? De qui tu parles ?

— Ben, d'Églantine, rigolo…

Pas dupe, Mouche !

— Si tu ne veux pas lui parler, écris-lui une lettre, alors !

— Lui écrire ? Mais pour lui dire quoi ?

Là, la patience de Mouche a trouvé ses limites. Il pique une colère, je lis des envies de meurtre dans ses yeux.

— Mais putain, c'est pas vrai ça ! Pour lui dire que tu l'aimes, ducon !

— Mais…

— Mais rien du tout, oui ! Qu'est-ce que t'attends ? T'es un écrivain, oui ou merde ?

Le soir, j'attends patiemment que le silence se fasse dans la maison. Alors, je me glisse hors du lit et je m'installe à mon bureau.

Je pousse les volets. Je ne peux rêver meilleur décor : les rayons bleutés de la lune coulent dans ma chambre, une brise portant les parfums de l'été naissant anime les rideaux, et même les oiseaux se mettent à soupirer d'aise sous le ciel moucheté d'étoiles… C'est une conspiration : comment ne pas avoir l'âme élégiaque en ce moment-là ?

Pourtant ma plume, insensible à cette ambiance, reste suspendue dans l'air, en surplomb de la page blanche.

Que lui dire ? Comment lui dire ?

Parfois, il me semble que les mots viennent, comme le début d'une mélodie, mais, au moment de les écrire, ils s'évaporent.

Bien plus tard, je trace enfin une première phrase sur la feuille. Que je renie aussitôt à coups de ratures rageuses. Phrases lacérées, feuilles mises en boule et ma page immaculément blanche qui continue de me narguer. Mes paupières s'alourdissent...

Pourtant je résiste à l'appel de l'oreiller.

Bien m'en a pris, car soudain, ô miracle !, l'inspiration guide ma main. Ma plume part au galop. Tout ce que j'ai sur le cœur s'épanouit en phrases impeccables. Impossible de m'arrêter...

Quelle lettre !

Le souffle frais de l'aube me chatouille les narines. Je me suis endormi, joue contre le bureau. Un fil de bave argenté s'est frayé un chemin entre mes lèvres.

Mon œil s'arrête sur la corbeille débordant de papiers froissés. Je souris. Mais aussitôt un frisson me parcourt et je me redresse. Je cherche sur le bureau...

Rien. Pas de lettre.

Le réveil est rugueux : ma lettre, ma magnifique lettre, je l'ai tout simplement rêvée !

Sans réfléchir, tout ensommeillé, je saisis une feuille et, cette fois-ci, les phrases naissent sans opposer de résistance. Bien sûr, ce ne sont que les miettes des arabesques entrevues dans mon sommeil… Mais ces miettes me conviennent.

Les premiers rayons du soleil envahissent ma chambre quand je pose le point final.

Ce matin-là, je pars à l'assaut du jour nouveau, plein d'allant, armé de ma lettre. Durant les récréations, je suis Églantine à la trace, guettant l'instant propice où je pourrais glisser l'enveloppe dans son sac sans être vu ; mais l'occasion ne se présente pas. À la sortie du collège, ma lettre est toujours dans ma poche alors qu'Églantine est repartie chez elle.

Il me faut actionner un plan B. Mon fidèle Mouche qui est à bicyclette se propose de la déposer dans la boîte aux lettres d'Églantine.

— OK, mais fais vite avant qu'elle arrive chez elle ! Et surtout, ne te laisse pas surprendre !

Mouche s'empare de la lettre.

— C'est comme si c'était fait, mon pote !

Messager zélé, il file en direction des villas, dodelinant sur son vélo trop petit pour lui. Grisé par sa mission, il s'active en danseuse, de plus en plus fort. Aucun obstacle ne peut lui résister. Il dépasse allègrement Églantine.

Tout entier tendu vers son objectif, en passant le petit pont de bois qui chevauche la Solène, il ne se rend pas compte que la lettre s'est échappée de sa poche. Elle a glissé entre les lattes du pont et la Solène l'accueille. Flottant à la surface de l'eau limpide, mes phrases se laissent emporter tendrement par le courant entre les nymphéas rieurs.

Mouche arrive essoufflé et heureux aux grilles de la villa d'Églantine, fier d'avoir établi un record de vitesse. S'assurant que personne ne le voit, il s'approche du portail avec toute la discrétion dont il est capable.

Il porte la main à sa poche et se fige, comme pris dans la glace.

Il cherche autour de lui.

Rien.

Gagné par la panique, il replonge la main dans sa poche, vérifie de plus en plus fébrilement toutes les autres.

Toujours rien.

Absorbé par sa recherche, Mouche ne remarque pas le panneau « À VENDRE » placardé sur le treillage de la villa.

Mouche a rebroussé chemin. Il inspecte la moindre parcelle de son parcours, croise de nouveau Églantine qui rentre chez elle. Un moment, il croit apercevoir la lettre fugitive sur le bord du chemin. Fausse joie : ce n'est qu'une enveloppe Panini.

— Merde, merde, merde, marmonne-t-il, en passant tous les buissons au peigne fin.

L'obscurité gagnant toujours plus de terrain, Mouche doit se résoudre, la mort dans l'âme, à jeter l'éponge. Mortifié d'avoir failli à sa mission, il remonte sur sa bicyclette et s'engage mollement sur le chemin du retour.

Quelques mètres plus loin, pourtant, il saute de sa monture et, s'installant dans l'herbe, sous les rayons de lune, il ouvre son cartable. D'un geste sûr, il arrache une feuille de son cahier, s'empare d'un feutre rouge. Soudain, un éclair traverse son esprit.

Il barbouille tout l'espace de la page d'un « alexandrin » de son cru : « *Églantine mon amour, je t'aime de tout mon cœur.* »

Satisfait, il signe de mon nom, avec un cœur.

Il replie prestement la feuille et repart, soulagé, en direction de la villa d'Églantine.

Empêtré dans sa mission, Mouche arrive en retard aux répétitions. Lorsqu'il pointe son nez au bar, tu l'accueilles fraîchement.

— Alors, mon garçon, on joue les stars ? On se fait désirer ? Allez ! en scène !

Mouche s'avance sous les rires. Je le harponne au passage.

— Qu'est-ce que t'as foutu ? Tu en as mis du temps !

Mouche me décoche un sourire de vainqueur.

— Mission accomplie, mec !

— Elle t'a pas vu, au moins ?

— Mieux que l'homme invisible, mon pote. Nickel !

Nos deux poings s'entrechoquent.

La préparation du spectacle nous accapare tellement que nous ne trouvons même plus le temps de nous promener tous les deux le long de la Solène.

Un soir, pourtant, de nouveau, on se sourit et, profitant d'un moment de répit avant nos répétitions, on y retourne.

La magie opère encore. Tu fais la découverte de nouvelles fleurs, apparues pendant notre absence. Tu ne sais plus vers laquelle te pencher. Je m'approche de toi avec une branche de fleurs odorantes, désireux d'avoir ton avis.

— Qu'est-ce que tu en penses ? Ça sent bon, non ?

— Merci mon chéri… Ce sont des immortelles, il me semble…

Tu portes la branche à tes narines. Mais tu souris, dubitative.

— C'est une blague, mon chéri ! Elles ne sentent rien…

— Mais si…

Tu humes une nouvelle fois. Cette fois-ci, tu cherches à cacher ton trouble.

— Si, si... elles sentent bon, tu as raison... Va m'en chercher d'autres, tu veux bien, mon amour ?

Tu restes là, le regard vide.

Je reviens vers toi avec un bouquet que je t'ai préparé.

Tu es très pâle, tu sembles perdue.

— Maman, ça ne va pas ?

Aussitôt, tu te recomposes un sourire.

— Non, non. Tout va bien, mon chéri... Et si on rentrait ? Qu'est-ce que tu en dis ?

Je saisis ta main tremblante et nous prenons le chemin du retour, sans un mot.

Quelques mètres plus loin, à l'abri de ton regard, je laisse choir ce maudit bouquet que je t'avais confectionné.

L'estrade et les gradins sont montés sur la place de la Mairie sous les marronniers. Il fait très chaud cet après-midi-là. Toute la troupe attend en coulisses, transpirant abondamment sous les costumes.

Je me sens légèrement engoncé dans ma redingote et le pantalon en serge à rayures tennis que l'on m'a taillé sur mesure.

Mme Thibault ajuste ma cravate nouée autour de mon col cassé et redresse la rose pâle à ma boutonnière.

— C'est stupéfiant, cette ressemblance ! dit-elle admirative.

C'est que l'on a bien fait les choses : mes cheveux plaqués et luisants sont partagés par une raie bien nette ; un accroche-cœur dessine une virgule sur mon front. Pour parfaire la ressemblance, on m'a crayonné de fines moustaches avec du khôl et on a légèrement ombré mes paupières.

Je joue nerveusement avec mes gants blancs et ma canne à pommeau d'ivoire, scrutant, par l'entrebâillement des rideaux l'arrivée des gens qui peu à peu investissent les gradins.

— Te mine pas, lance Mouche dans mon dos, ça va être plein à craquer.

— Je pensais qu'elle viendrait. Je lui ai parlé du spectacle dans ma lettre…

— Ah bon ? répond Mouche en grimaçant.

Il se propose de partir en éclaireur à sa recherche. J'examine toujours les gradins. Papa est là ; il serre des mains, tombe dans les bras de tout le monde. Je ne te vois pas. Ta place au premier rang reste vacante.

Je demande alentour si on t'a vue.

On me répond que non.

Alors je cours en direction de la maison.

Mouche inspecte tous les recoins des gradins, sans succès. Soudain, il se heurte à Didier, un des garçons de la classe d'Églantine, son chevalier servant du moment.

145

Ils se fixent du regard comme deux chiens de combat.

— Il est où, ton pote ? jappe Didier.

— Pourquoi ? Qu'est-ce que tu lui veux ? répond Mouche brutalement.

— Je dois lui donner ça, réplique Didier tout en brandissant une lettre.

— Donne-la-moi !

Didier rattrape la lettre *in extremis*.

— Pas question, je dois la lui remettre en mains propres.

Mouche dans un réflexe parvient à lui arracher l'enveloppe des mains. Il hausse les épaules et lance avec mépris :

— Pourquoi ? J'ai pas les mains propres, moi ?

Tu te trouves dans ta chambre, allongée sur le lit. Tu te demandes où tu vas pouvoir trouver la force nécessaire pour te rendre au spectacle, ce moment tant attendu, quand tu m'entends faire irruption dans la maison.

— Maman ? Maman ? Tu es là ?

Je monte à l'étage et me précipite vers ta chambre. Lorsque j'ouvre la porte, je te trouve assise devant ta coiffeuse comme si de rien n'était.

— Ah ! tu es là ! dis-je, soulagé.

Tu te retournes, m'adressant ton faible sourire.

— Laisse-moi t'admirer. Comme tu es élégant, mon fils ! t'exclames-tu en me détaillant. Tu aurais fait tourner bien des têtes dans les salons du faubourg Saint-Germain…

Je m'assois sur le lit, essoufflé.

— Tu viens ?

— J'arrive, mon amour, me réponds-tu en passant du fond de teint sur ton visage. Je veux juste que l'auteur puisse lui aussi être fier de sa maman.

Tu cherches à capter mon regard triste.

— Regarde-moi, mon chéri. Ne t'inquiète pas, ça va bien se passer. Tu as le trac, c'est normal. Ça arrive aux plus grands, tu sais.

Tu viens prendre place à mes côtés sur le lit et tu m'enlaces.

— Ou alors, c'est qu'*elle* doit venir, c'est ça ? Et *elle* n'est pas encore là…

Je te regarde, étonné.

— C'est papa qui te l'a dit, hein ?

— Non, mon chéri. Il a bien gardé le secret, il faut croire. Mais une mère sait toujours tout. Allez ! maintenant file ! Et laisse-moi finir de me préparer…

Lorsque je rejoins les coulisses, le maire est déjà là. Après avoir serré quelques mains, il attaque son discours de présentation, vantant les mérites de cet *acte citoyen*, preuve que cette commune est un tissu de solidarités actives, qu'il n'y a pas deux côtés dans cette ville, mais un seul cœur qui bat aujourd'hui. Ce spectacle en est la preuve vivante et il espère que toutes et tous…

Je n'entends pas la fin de son discours car Mouche me saute dessus.

— Écoute, je ne l'ai pas vue…

Il attend que j'exprime ma déception, puis, tout sourire, me lance :

— … Mais j'ai quelque chose pour toi !

Il cherche dans sa poche, s'inquiète un moment, scrute le sol autour de lui.

— Merde ! Non ! jure-t-il.

Puis, il se calme.

— Ah ! la voilà…

Mouche, soulagé, me tend une lettre.

— C'est l'autre con de Didier qui me l'a passée.

Je décachette nerveusement l'enveloppe. Le brouhaha alentour disparaît, comme mis en sourdine.

En parcourant son écriture à l'encre bleu pastel, avec ses ronds sur les *i*, je retrouve le timbre de sa voix.

Elle me dit qu'elle m'aime aussi. Depuis longtemps, depuis si longtemps. C'est elle qui a volontairement fait dérailler la chaîne de sa bicyclette le jour de notre seule rencontre, désespérant de me voir lui adresser la parole. La fête, elle ne l'avait organisée que pour moi. Pourquoi ne suis-je pas venu ? Elle m'a attendu toute la nuit. Et puis après, pourquoi ce silence incompréhensible ? Pourquoi cette froideur injuste ? Elle m'en a voulu, elle m'a même détesté. Mais, que je me rassure, désormais elle ne m'en veut plus. À quoi bon ? Il est trop tard. Elle part le soir même vivre en Angleterre avec sa mère. Elle me souhaite bonne chance pour le spectacle. Elle sait que ce sera magnifique, mais elle ne peut pas venir. Elle m'embrasse tendrement.

Je reste hébété, la lettre à la main, inconscient de l'agitation autour de moi. Une violente sensation me monte du ventre et m'enserre le cœur, un vertige douloureux et agréable à la fois. J'aurais voulu m'y abandonner, mais les trois coups ont résonné et l'on me pousse sur scène.

Des applaudissements m'accueillent et je reste pétrifié au milieu du plateau. Tous les regards convergent vers moi dans un silence glaçant. Heureusement, parmi tous les visages, il y en a un, plus beau, plus lumineux que tous les autres.

Tes yeux et ton sourire me donnent la force de me ressaisir.

Alors, je me lance :

— Longtemps je me suis couché de bonne heure…

Évidemment, M. Drillon bute sur ses « ca-ca-tleyas » ; il y a des blancs et des fous rires ; on intervertit des tableaux, on tronque des scènes, on mélange des répliques ; la théière de tante Léonie se brise au pire moment…

Mais, en dépit de cela – ou bien grâce à cela ? – on sent sur les visages des spectateurs que la magie du spectacle opère.

À un moment, on craint pourtant de ne pas être en mesure de le mener jusqu'à son terme. À l'attaque du deuxième acte, l'orage se met à gronder au loin. Très vite, poussé par le vent, il s'approche, menaçant. Il nous faut accélérer la cadence. Au dernier acte on reçoit quelques gouttes. Alors, c'est la cavalcade ; sous la menace, le texte défile à toute vitesse dans la bouche des acteurs, comme un disque s'emballant subitement en 78-tours. Au dernier tableau, tous les personnages qui, à l'origine, devaient défiler sur scène un par un, couverts de farine comme des fantômes, se ruent d'un même élan sous la pluie dans une joyeuse mêlée gluante.

Dans un synchronisme parfait, la tombée de rideau déclenche un tonnerre d'applaudissements et des trombes d'eau qui nous douchent. Instantanément, le public se disperse avec des cris ; tout le monde se précipite aux abris, sous le préau où un buffet a été dressé.

Toi seule restes face à la scène, resplendissante, sans te soucier de l'averse. Tu m'ouvres les bras ; je saute de l'estrade et je cours à ta rencontre. Papa nous rejoint et nous restons enlacés tous les trois, ruisselants sous la pluie battante, les plus heureux du monde.

Je déserte le buffet. Je cours. La pluie chaude me frappe au visage. À plusieurs reprises, je tombe sur le chemin herbeux, mais, insensible à la douleur, je me relève et continue ma course désespérée.

Lorsque j'arrive aux portes de la villa d'Églantine, les volets sont clos, la grille d'entrée est scellée par une chaîne rouillée et un cadenas. Fou de rage, je m'agrippe à la grille, la secouant de toutes mes forces ; je m'acharne sur la poignée du portail, espérant faire céder cette satanée chaîne. Mais, malgré toute ma hargne, je ne parviens qu'à égratigner mes phalanges jusqu'au sang et à alerter le voisin qui, affolé, court vers moi.

— Ça ne va pas, mon bonhomme ? C'est quoi tout ce boucan ! Qu'est-ce qui te prend ? Si tu cherches les Maréchal, elles sont parties il y a une demi-heure. Elles ne reviendront plus.

Sous le préau, la fête bat son plein. Partout, on rit, on danse, on boit. Papa bavarde en gesticulant, provoquant l'hilarité de son auditoire. En me voyant passer, il me lance un clin d'œil.

— Bravo, l'auteur ! s'exclament ses amis en applaudissant et en levant leurs verres.

Je te cherche partout. Tu te tiens seule à l'écart du groupe. Peut-être me cherches-tu, toi aussi ?

Je me réfugie dans tes bras.

Pardonne-moi, je n'ai pas eu la force de retenir mes larmes.

V

Un soleil de plomb écrase Montigny qui se réveille lentement, encore étourdi par les échos de la fête et des rires. On balaie les vestiges de la nuit de festivités, on emporte les gradins, on décolle les affiches du spectacle et la scène disparaît.

Pourtant, impalpable mais réel, quelque chose continue de traverser la ville : les gens se saluent, forment de petits groupes, échangent des rires. Certains partent en vacances, les voitures bondées, et, sur leur passage, les mains s'agitent pour souhaiter bon voyage.

Un peu plus tard, le réel fait de nouveau irruption dans toute sa brutalité : on apprend la fermeture définitive de Métalflex.

Papa ne juge pas utile de t'en parler.

À quoi bon ?

Au cours de l'été, le bar se vide progressivement. De plus en plus fréquemment, papa quitte son comptoir et monte te rendre visite dans ta chambre plongée dans la pénombre. Il arrange les doubles rideaux, pour que tu puisses voir de ton lit les fleurs qu'il a disposées sur le bord de la fenêtre. Il t'apporte à boire ou à manger et reste là, de longs moments, à te tenir compagnie, t'informant des faits et gestes du bar, surtout les plus insignifiants.

— Tu connais la dernière de Lulu ?

Mouche – qui est resté aussi à Montigny pour les vacances – et moi, on saute sur nos bicyclettes. Laissant derrière nous la commune désertée, on part en expédition le long de la Solène à la conquête de nouveaux territoires.

On dépasse les villas, et dans notre avancée on découvre des maisons abandonnées recouvertes de lierre, des carcasses de voitures dévorées par la rouille, des sous-bois toujours plus épais, parfaits pour cacher un cadavre ou un magot… Chaque jour on avance un peu plus dans les terres inhabitées.

Un jour, poursuivant notre progression, on finit par entendre, au-delà d'une écluse, des rires et des cris provenant d'un plan d'eau. Des enfants s'y amusent, faisant gicler l'eau trouble en sautant d'un plongeoir aménagé avec des parpaings.

À quelques mètres de là, un champ héberge des tentes et des caravanes pour un camping improvisé d'été, juste aux abords d'un bosquet.

Tels des pionniers exténués, on décide de faire une halte au bord du point d'eau, pas mécontents de renouer un peu avec la civilisation.

Deux jeunes filles, dont les tee-shirts noués leur dénudent le ventre, passent à côté de nous avec de petits gloussements. On s'efforce de paraître le plus stoïque possible. Pourtant, on s'arrange pour les détailler en douce. Furtivement, je croise le regard de la plus âgée des deux ; elle a des taches de rousseur.

Finalement, ce sont elles qui s'approchent de nous, nous demandant si on a des cigarettes. Mouche, avec son à-propos légendaire, retourne vigoureusement toutes ses poches et lance en me dardant un regard de reproche :

— C'est pas vrai ! On est vraiment des cons, on les a oubliées !

Le lendemain, on revient avec des cigarettes.

Tous les matins, avant de partir en expédition, je passe te dire bonjour dans ta chambre. Dans la pénombre, je distingue à peine ton visage. Je sens bien que tu ne souhaites pas que je reste.

— Tout va bien, t'empresses-tu de me dire d'une voix qui se veut rassurante. Va te balader, mon chéri, il fait si beau dehors.

Pourtant, un jour, tu me demandes de m'approcher. Tu serres ma main.

— Tu sais, je suis très fière de toi. Tu illumines ma vie. Je suis sûre que tu vas faire de belles choses. Promets-moi, promets-moi, mon amour, que tu continueras d'écrire… Que tu deviendras écrivain, un jour…

Je promets.

Tu relâches la pression sur ma main et, dans l'obscurité, je devine ton sourire apaisé.

— Maintenant laisse-moi, mon amour. À ce soir…

La jeune fille aux taches de rousseur me pousse à l'eau par surprise. Elle rit. Je sors en m'ébrouant et je pars à sa poursuite, fermement décidé à restaurer mon autorité. Elle est pieds nus, mais elle détale sur les gravillons de façon impressionnante. Notre course-poursuite nous mène dans un champ où je parviens à la ceinturer. Je la soulève, résolu à me venger en la jetant à l'eau. Elle se débat vigoureusement. Dans notre lutte, je sens son souffle chaud dans mon cou. Essoufflés et hilares, on tombe à la renverse et on roule dans l'herbe. Nos lèvres se rencontrent.

Je la serre contre moi de toutes mes forces pour me persuader que, cette fois-ci, je ne suis pas en train de rêver.

Papa entre dans la chambre. Il s'assoit à tes côtés. Il prend ta main dans les siennes et, comme toi, il porte son regard en direction de la fenêtre. Il te reparle de Cabourg.

— Tu te souviens ? Quelle mer magnifique ! Quelles belles couleurs ! Que dirais-tu d'y retourner, la semaine prochaine, tiens ? Ou quand tu voudras…

Il sourit.

— Oh ! Et puis ce cabot qui ne voulait pas me lâcher, tu t'en souviens ? Vous vous êtes bien moqués de moi tous les deux, hein ?

Il rit.

— Au fait, je ne t'ai pas dit, poursuit-il plus sérieusement, j'ai pris une décision. On va vendre le café et on va acheter un hôtel, tiens, près de Cabourg… Qu'en penses-tu ? Au bord de la mer. Comme ça, on pourra l'admirer tous les soirs. Et puis, fini le bar pour toi ! On va avoir un jardin et une serre, comme tu en as toujours rêvé, pour tes fleurs. Tu vas pouvoir te consacrer à tes parfums… Et aussi à la carrière de ton fils. Parce que, tu as raison, c'est un écrivain, ton fils. Et il va avoir besoin de toi. On va être heureux, tu vas voir !

Longtemps, refusant de lâcher ta main, il continue de te parler d'avenir avec la même exaltation, le même ton enjoué, alors que ses yeux, fixant les fleurs qui palpitent sous le souffle chaud de l'été, se remplissent de larmes.

Lorsque j'arrive au niveau des villas au bord de la Solène, la nuit est presque tombée. J'ai le cœur léger, je fixe les étoiles dans un air de défi.

Soudain, la silhouette de papa émerge du clair-obscur du crépuscule. Il vient à ma rencontre. Je m'arrête. Je crois d'abord qu'il va me gronder pour mon retard.

Mais avant même d'avoir croisé son regard vide, je comprends.

Je reste là. Impossible de respirer. Ma vue se brouille. Papa avance vers moi. Il me prend dans ses bras avant que je tombe.

On s'agrippe l'un à l'autre de plus en plus fort, jusqu'à en perdre connaissance, cherchant vainement à étouffer cette insoutenable douleur qui monte et qui ne nous laissera plus jamais.

Papa a tenu sa promesse. Nous avons quitté Montigny pour ne plus jamais y revenir.

Il va bien. Il est toujours le même. Un petit changement quand même : il s'est mis à lire Proust. Si, si, je t'assure ! Il attaque la *Recherche du temps perdu* pour la troisième fois. Je ne le dérange jamais dans ces moments-là ; je sais qu'il est avec toi…

Et moi ? te demandes-tu.

Le temps a passé, emportant les jours et ma promesse d'enfant. Ne m'en veux pas, j'ai bien commencé des manuscrits. Hélas, je les ai abandonnés. Ton regard et ta voix n'étaient plus là pour me soutenir…

Et puis, un jour, j'ai décidé de retourner du côté de « Chez nous », dans l'espoir de trouver cette force qui me manquait.

Évidemment, le temps a accompli ses ravages. La devanture repeinte d'un bleu criard te ferait hurler ; fini les gravillons crépitant sous les pieds, juste un goudron lisse ; à la place du panneau en bois, une enseigne au néon clignote nerveusement pour aguicher les automobilistes sur la nationale…

Je cherche à débusquer un élément familier. En pure perte.

À mesure que je m'approche de la porte, la rumeur de la clientèle enfle, braillarde et hostile. J'ai soudain envie de partir, de m'enfuir.

À quoi bon être revenu après toutes ces années ?

Quelque chose, pourtant, me pousse à avancer. Hésitant encore, je pose la main sur la poignée et je me force à ouvrir la porte.

À travers des brumes de fumée, des visages inconnus se tournent vers moi ; les clients accoudés au bar me dévisagent, me jaugent comme l'étranger que je suis devenu.

Mais, au même moment, quelque chose se produit.

Je ne la reconnais pas tout de suite. Par quel miracle sa frêle sonorité a-t-elle été épargnée par les années ? Ensevelie sous le brouhaha, timorée, presque imperceptible parmi les éclats de voix, elle est pourtant toujours là.

La petite cloche !

En poussant la porte, je l'ai réveillée.

Alors, les visages anonymes et les regards hostiles disparaissent, le vacarme du bar s'évanouit, les brumes tabagiques se dissipent ; et, au bout du comptoir, tu m'apparais.

Oui, le tintement de la clochette a redonné vie à ton sourire, celui que tu m'adressais lorsque je revenais du collège. Sous mes yeux, « Chez nous » est redevenu chez nous…

Le passé a surgi et m'a donné la force d'écrire.

Alors, le livre que tu souhaitais tant, le voici. En attente dans les replis de nos souvenirs, il guettait un signe de toi pour prendre forme.

Et au moment où j'en rédige les dernières lignes, rassure-toi, je ne ressens ni tristesse ni chagrin. Plutôt ce sentiment d'apaisement qui nous habite lorsque l'on parvient à honorer une promesse que l'on ne croyait plus pouvoir tenir.

Car chaque mot, chaque phrase, chaque page m'ont ramené un peu plus vers toi.

Ce livre, maman, c'est notre victoire à tous les deux. Notre victoire sur le temps ; ce temps qui prend un malin plaisir à nous éloigner du sourire de ceux qu'on aime.

Mais cette fois-ci il a bel et bien échoué.

Car, par la grâce des mots, nous voilà de nouveau sur cette plage de Cabourg où papa se débat avec son cerf-volant. Je cours vers toi, je plonge dans tes bras, ton rire chantant se mêle aux cris des mouettes, et, insouciants du temps qui passe, nous tournons, tournons et tournons encore…

REMERCIEMENTS

Chaleureux remerciements à la Confrérie de la Petite
Cloche, cette communauté informelle et passionnée, où
chacun des membres a conspiré avec bonheur à per-
mettre que *La Petite Cloche au son grêle* puisse tinter
aux oreilles des lecteurs :
Joëy Faré qui était là avant le commencement.
Philippe Rey qui lui a donné vie.
Joachim Boitrelle, Gérard Collard, Danièle Deloche,
Bernard Schérer, et tous les libraires qui l'ont défendue
avec passion et talent.
Tous les organisateurs et participants des Festivals du
premier roman de Chambéry, de Laval et de Mous-
cron ; Evelyne Bloch-Dano et le Prix littéraire prous-
tien ; Laurence Patri et le prix Biblioblog qui l'ont
accueillie à bras ouverts.
Tous les blogs pour leur enthousiasme contagieux.
Les deux fées Grégoire Delacourt et Lydie Zannini,
pour leur générosité magique.
Et, bien sûr, à Anne et à ma petite Laurence sans qui
tout cela n'existerait pas.

Table

Première partie 9

Deuxième partie 33

Troisième partie 83

Quatrième partie 111

Cinquième partie 153

Le Livre de Poche s'engage pour
l'environnement en réduisant
l'empreinte carbone de ses livres.
Celle de cet exemplaire est de :
200 g éq. CO$_2$
Rendez-vous sur
www.livredepoche-durable.fr

PAPIER À BASE DE
FIBRES CERTIFIÉES

Composition réalisée par PCA

Achevé d'imprimer en avril 2013 en France par
CPI BRODARD ET TAUPIN
La Flèche (Sarthe)
N° d'impression : 73010
Dépôt légal 1re publication : mai 2013
LIBRAIRIE GÉNÉRALE FRANÇAISE
31, rue de Fleurus – 75278 Paris Cedex 06

31/7551/0